抑圧―淫らな願望―

愁堂れな

幻冬舎ルチル文庫

CONTENTS ✦目次✦

✦カバーデザイン= chiaki-k(コガモデザイン)
✦ブックデザイン=まるか工房

イラスト・笠井あゆみ✦

抑圧―淫らな願望―

1

敢《あ》えて一本早い地下鉄に乗ったというのに、今朝も『彼』は現れた。

混雑した地下鉄の車内で、気づけば背後に密着されている。耳元に熱い息がかかる。その息遣いだけで振り向かなくても『彼』とわかる。

どうして。

熱い塊がお尻に押し当てられる。声が漏れそうになったのが、嫌悪からではないというのが驚きだった。

どんなに時間をずらそうと、かならず『彼』は現れる。そうしてぴたりと背後に張り付き、いやらしい行為をしかけてくる。

最初はただただ怖かった。乗り換えまでの二十分、身を竦《すく》ませて耐えていた。乗る時間も車両も変えた。それでも毎日、『彼』は背後に現れ、痴漢行為を繰り返す。

どうして乗る時間や車両がわかるのか。ホームで見張っているのだろうか。隣の駅まで歩いて乗ったときにも現れた。そして熱い塊をお尻に押しつけ、いやらしく身体《からだ》を弄《まさぐ》ってくる。

いつからだろう。身体が熱く疼《うず》くようになったのは。服の上から乳首を弄られる刺激にもどかしさを覚え、唇から吐息が漏れそうになるなんて。

痴漢をされて感じてしまうなんて、あり得ない。頭ではそう思うのに、身体は理性を裏切り、蕩《とろ》けそうになっている。

いやだ。そんな――。なんていやらしいんだろうと、自分で自分がいやになる。

喘《あえ》ぎそうになるのを堪《こら》えていることに、周囲が気づいたらどうしよう。

唇を噛《か》み、俯《うつむ》く私の耳朶《じだ》を擽《くすぐ》るように、彼の低い声が響く。

「次で降りよう。もう、我慢できない。君もそうだろう?」

違う。一緒にしないでほしい。

頭の中ではそう叫んでいるのに、ますます身体は火照《ほて》っていく。気づいたときにはこくり、と小さく頷《うなず》いていた。

『彼』がふっと笑い、その吐息が耳朶にかかる。ああ、とまたも喘ぎそうになり、唇を噛んだ。頭に靄《もや》がかかったようになっていて、何も考えることができない。

一つだけわかっているのは――地下鉄を降りたあとに何が待っているかということ。

期待に胸が膨らむ。ああ、なんていやらしい。私はきっと牝《めす》になる。

毎日背後からぴたりと身体を密着させ、欲望を共有しようと誘う『彼』の腕の中で――。

※　※　※

「小説として書いたことが、現実になる……なるほど、面白いね」

目の前で特徴的な容貌の持ち主である男がにっこり笑う。

「自分でも馬鹿げた妄想だと思うのです」

なのになぜ、こうして初対面の彼の許《もと》を訪れてしまったのだろうと、貴島靖彦《きじまやすひこ》は今更の後悔に身を焼いていた。

貴島の職業は小説家である。堂々と名乗れるようになってから――小説の執筆だけで生計を立てられるようになってから、ようやく一年が経《た》ったところだった。

大学卒業後、一旦は大手といわれる会社に就職したものの、小説家になりたいという夢を捨てきれずに投稿を続け、とある文学賞の佳作に入選した。しかし会社が副業を認めていなかったために、執筆活動を続けるのであればと退職を勧告され、迷った上で辞表を出した。

それから日の目を見るまでには五年かかり、来年三十歳を迎えようとしている。

『いい大人』というには充分な年齢だというのに、そして社会人としての経験も充分積んできたというのに情けない。思わず溜《た》め息を漏らした貴島の目の前にシャンパンの入ったフルートグラスが差し出される。

「素面《しらふ》では喋《しゃべ》りにくいのかもしれないね。さあ、どうぞ」

グラスを持つ手は少々骨張っており、指は細く長い。手術の上手な外科医の指は繊細で美しいと聞いたことを連想したのは、目の前にいるこの男が、医師免許を持っていると知っていたためだった。

医師免許ばかりか、司法試験にも合格しているというのに、なんの職にも就いていない。居住している渋谷区松濤《しょうとう》の大豪邸以外にも不動産を多数持つという富豪の彼は、頭脳、才能、金、すべてに恵まれているがゆえの虚無感からこれという職業を選ぶことはせず、世捨て人のような生活をしているらしい。

あらゆる才能に恵まれているという彼の容姿もまた恵まれているのだなと、貴島は改めて目の前の男を——神野才《じんのさい》という名の彼を見やった。

今時市井では見かけることが少なくなったオールバックの艶やかな黒髪。凜々《りり》しい目元、高い鼻梁《びりょう》、薄すぎず厚すぎない唇と、非の打ち所のない顔は年齢不詳で、二十代とも四十代とも見える。

「さあ」

尚《なお》もグラスを差し出され、貴島は我に返ると慌ててそれを受け取った。

「あ、ありがとうございます」

「自由業の特権だからね。こうして日の高いうちから酒を飲めるのも」

笑顔でそう言い、飲むよう促してくる。酒を勧めはするが話を無理に聞き出すようなことはしない。時間はたっぷりある、それこそ『自由業の特権』ということなのだろう。

貴島は、酒はそこそこ飲めるほうだった。華奢《きゃしゃ》な外見から、年齢よりも若く見られることも多ければ、脆弱《ぜいじゃく》な印象を与えることも多いのだが、実際の彼は数日の徹夜も軽く耐えられたし、鯨飲した翌日の夕方には体調を戻すことができる健康体の持ち主だった。

応接室に通されたとき、才からアルコールなら何が好きかと聞かれたので、一番好きなシャンパンと答えたところ、飲んだこともないような高級なボトルが運ばれてきた。

この先、いつ飲めるかわからないのだから、と遠慮を抑えてグラスを口へと運ぶ。

「美味《おい》しいですね！」

飲んだ途端に、素直な感想が貴島の口から零《こぼ》れ出た。思いの外大きな声となったことに、まず自分が驚き、目を見開く。

と、ノックとほぼ同時にドアが開き、貴島をこの部屋まで案内してくれた若い女性が無表情――というよりは心持ち不機嫌そうな顔で入ってきたかと思うと、クーラーに入れてあったシャンパンのボトルを取り出し、注ぐからグラスを置け、というように貴島に目で促してきた。

ストレートロングの黒髪、切れ長の瞳の綺麗《きれい》な女性――少女といっていい年代かもしれないと、貴島は今更ながら彼女を見てそう思った――は、膝上十五センチのタイトスカートを穿《は》いていて、すらりとした長い脚が、見まいとしても目に入る。

玄関に彼女が現れたとき、ビジュアルからのインパクトに貴島は絶句し立ち尽くした。そ

んな彼を前に、さも馬鹿にしたような表情を浮かべた彼女は、『どうぞ』の一言だけを告げて応接室まで案内してくれたのだが、予想外のハスキーボイスをそれ以降聞けていない。いやらしい目で見ていると思われたのだろうか。それなら短いスカートなど穿かなければいいのに。胸元も屈《かが》むと見えてしまいそうだ、と、敢えて目を伏せていた貴島の耳に、笑いを含んだ才の声が響いてきた。

「また愛君《あい》の悪い癖が出ているみたいだね。彼は気に入った相手には必要以上にツンツンしてしまうんだ。気にしなくていいからね」

「え？　『彼』？」

てっきり目の前のこの女性についての話題だと思ったのだが、と顔を上げた瞬間、ちょうど屈み込んでいた愛の胸元が目に飛び込んできた。

襟ぐりが大きく空いたトップスの中は丸見えで、確かに真っ平らな白い胸であることを確認する。少女ではなく少年だったのかと、今更の驚きを胸に貴島はつい、まじまじと彼を見上げてしまった。

「先生、適当なことを言うのはやめてください」

そんな貴島をじろ、と睨《にら》んだあと、愛という名の少年は吐き捨てるような勢いでそう言うと、そのまま部屋を出てしまった。

声もハスキーだった。やはり少年のようだと、その後ろ姿を気づかぬうちに目で追っていた貴島に、才が声をかけてくる。

「シャンパン、気に入ったみたいだね」

「はい。とても美味しいです。こんな高価な銘柄は初めて飲みました」

「そうなんだ？　君のお兄さんから以前聞いたが、お父さんはＭ物産の副会長だったよね。かなり裕福だとも聞いているけど」

「はい。実家は……」

頷く貴島の脳裏に、五年以上会っていない父の顔が浮かぶ。小説家になるために会社を辞める選択をしたとき、父は激怒してありとあらゆる罵声を浴びせ、貴島の考えを改めさせようとした。それでも貴島が辞表を出すと言い張ると、二度と家の敷居は跨《また》がせないと、その言葉どおりに家を追い出されたのだった。

母と兄が取りなそうとしたが、父は聞く耳を持たず、貴島自身もまた、父に頭を下げるつもりはなかった。

大企業の役員、それもトップに近い役職にいた父にとっては、自分の息子が先の見えない自由業に就くなど、許せるものではなかった。そもそものような選択肢を息子が持つということ自体に嫌悪を抱いているのだから、家族の取りなしなど無駄だとも思ったし、そうした父の考え方に、貴島もまた嫌悪を抱いていたこともあった。

一方、母が気にしたのは世間体だった。貴島は兄と二人兄弟で、二人とも特に親から言われたわけでもなかったが、一流といわれる大学を出て一流といわれる企業に入社した。両親にとってはそれが『当たり前』のことであり、それ以外の選択肢はなかったのだと、会社を辞めて初めて貴島は気づかされたのだった。

兄は父と同じ国立のT大だったのに、お前は私大で恥ずかしかったのだと今更のように母に言われ、貴島は少なからずショックを受けた。

そんな母に対しても嫌悪を覚えた貴島は両親と決別した形で家を出た。現在は籍こそ抜いていないが、絶縁状態といっていい。

兄だけは貴島の夢を応援してくれた。両親とも和解させたいと願っているようだが、貴島が望んでいないことはわかっているので静観してくれている。

貴島の兄は今単身でニューヨークに駐在しており、彼もまた両親に思うところがあるのか、休暇中でも帰国することは滅多《めった》にない。一方、無鉄砲ともいえる選択をした弟のことは余程気になるようで、頻繁に連絡をくれており、雑誌に連載が決まったときにも我がことのように喜んでくれたものだった。

兄が弟思いであるがゆえ、甘えることを逆に貴島は控えていた。未《いま》だ独身の兄は金銭的な余裕もかなりあるとのことで、生活面の援助をしようと何度も持ちかけてくるのを毎度断っている。

ようやく小説の仕事だけで生活できるようになったとはいえ、とても贅沢《ぜいたく》できるような金額を稼いでいるわけではない。毎月カツカツといっていい状態であるので、一本数万もするような——桁《けた》はもう一つ上かもしれないが——シャンパンなど、飲めるわけもないのだと、貴島はそのあたりを説明しようと口を開いた。

「でも家を出て久しいですし、それ以前に皆でシャンパンを飲むような家族ではありませんでしたし」

役職を退いて尚、多忙にしていた父と夕食を共にとったことはほとんどなかった。酒を酌み交わしたこともない。兄とはたまに食事には行ったが、男兄弟二人で、高いシャンパンを飲むような店を選ぶことはなかった。何より兄はほぼ下戸《げこ》といってよく、共に酒を飲んだことは一、二度しかない。

「ああ、そうだ。お兄さんはお酒は飲まなくなったんだったね」

と、才が思い出したようにそう言い出す。

「え？」

飲まなくなったのではなく、下戸なのだが。そう思いはしたが、訂正するまでもないかと、貴島は流すことにした。

「あ、はい」

「今、ニューヨークだっけ。久々に話したよ。元気そうで何よりだ。君のことを心配していたよ。仲のいい兄弟だよね」

「そうですね……」

貴島は人付き合いがさほど得意ではなかった。学生時代や会社員のときには、周囲の人間との間に軋轢《あつれき》など起こすことなく過ごせてはいたが、心を許せる友人は数えるほどしかいない。

今、付き合いがある友人は、ほぼ一人といっていいのだが、その彼は一人っ子なので比較はできない。世間の兄弟というのはどのくらいの親密度なのだろうと考えていると、才がくす、と笑い、顔を覗《のぞ》き込んできた。

「君は真面目だね、靖彦君」

「……そうですかね」

フルネームを名乗りはした。が、ファーストネームで呼びかけられるとは思わなかった。一瞬、返事が遅れたのは驚いたせいだったのだが、兄の名字も当然『貴島』なので名前を呼ぶことにしたのか、とすぐに納得した。

兄のことも名前で呼んでいるのだろうか。先に知り合ったから名字か。しかしそれもどうでもいいことか、と、問い掛けるのをやめる。

依然として才から用件を問われることはなく、このままではシャンパンを飲むだけで終わってしまう。それでは折角《せっかく》来た意味がない。しかし、と未だ逡巡《しゅんじゅん》していた貴島の気持ちを見透かしたように、才が、

「ところで」

と話を振ってきた。

「君のさっきの話ね。小説に書いたことが現実に起こるという」

「……はい」

シャンパンを飲んだこと。それに家族の話を少ししたこと。これらのことは自分にふんぎりをつけさせるためになされたのだなと実感すると同時に、いよいよ話すときかと緊張も高まる。

そもそも聞いてもらうために来たのだから、と、貴島はようやく心を決めると、才からの問い掛けを受け止めるべく彼を見つめた。

「世に出たあと、実現するのかな？　君の小説を真似《まね》た行動をする人がいるということ？」

「いえ。それならまだわかるんです。いや、僕の小説を真似ようとする人間がいるとは到底信じられないんですが。何せ人気もないですし」

「人気のない人が月刊誌に連載などできないよ」

才の言葉は、貴島にとってはリップサービスとしか受け取れなかった。

「ほぼ、コネみたいなものです。それに僕はペンネームで書いていて、本名は明かしていません。たとえ世に出たあとであっても、僕の身の回りで同じことを起こすのは難しいかと思います」

「それでもまあ、不可能ではない」

才はそう言うと、更に問いを重ねてきた。

「でも現実になるのは、雑誌に載る前の原稿のことなんだね？」

「そうなんです」

頷きながら貴島は、やはりあり得ないのではとしか思えなくなっていた。俯いたままの彼に、才が問い掛けてくる。

「どういったことが起こるのかな？　偶然には起こり得ないようなこと？」

「……どうでしょう……多分、偶然はないかと……」

内容を話すべきだとは、貴島も当然わかっていた。しかし話しづらい。またも口ごもった貴島に対する才の問いは続く。

「君の身の回りで起こることと言ったね。君自身の行動では当然ない……それとも、君がそう行動せざるを得ないような事象が起こるのかな？」

「いえ。自分の行動ではありません。それにその……僕の小説の主人公は女性なんです。なので、そのとおりの行動を取るということもないのですが……」

「主人公は女性なのに、男性である君の身に同じようなことが起こる……なるほど」

才は一旦そこで口を閉ざし、シャンパンをクーラーから取り出すと、大分中身が減っていた貴島のグラスに注ぎ足してくれた。

「あ……りがとうございます」

まだるっこしいと思われているに違いない。恥ずかしがっている場合ではないのだ。話さねば、と貴島が顔を上げたのと才が喋り始めたのが同時だった。

「もしや性的なことかな？　君、官能小説を書いているんじゃないか？」

「な……っ……なぜそれが……」

わかったんです、と貴島は思わず絶句した。

「いや、そうも躊躇《ためら》うとなると犯罪絡みか、または性的なことじゃないかと推察しただけだよ」

微笑《ほほえ》みながら才は自身のグラスをもシャンパンで満たすと、ボトルをクーラーに戻しグラスを取り上げた。

「犯罪絡みで君自身が行動を起こすことではないとなると、事件の目撃者か、或《あるい》は窃盗《せっとう》などの被害者ということになる。しかしそれには性別は関係ないだろう？　君が小説の中で書いた女性主人公の身に起こったことが現実に——となると、やはり性的なことなんじゃないかなと。それなら明かすのを躊躇う気持ちもわかるし。妄想がすぎるとか、欲求不満なだけではないのかとか、そういったことを言われると思ったんでしょう？」

まさにそのとおりだった。あまりに心の中をずばりと当てられ、貴島は尚も絶句した。

「でも君は、妄想とも欲求不満とも思っていない。不思議すぎるのでここに答えを求めにやってきた。そうだよね」

「……そうなんですが……正直なところ、自信がなくなってきてもいるんです」

すべて見透かされているとわかった今となっては、隠す意味はない、と、本当の意味で貴島は吹っ切れたのだった。

「自信がないって？」

「最初は偶然かと思いました。でも二度目、三度目になると、本当に現実の出来事なのか、それとも僕の妄想なのかがわからなくなってきて……」

「具体的にはどういったことが起こるのかな？　たとえば……痴漢に遭う、とか？」

「……っ」

またもずばりと当てられ、貴島は息を呑《の》んだ。才はそんな彼に唇の端をあげるようにして微笑むと、目で話すよう促してくる。

「……そうなんです。電車で痴漢に遭いました。小説に書いたとおりのシチュエーションで」

最初は『小説に書いたとおり』とは気づかなかったのだ、と思う貴島の口からは言葉と共に溜め息が漏れていた。

そもそも貴島は最初から官能小説家を目指していたわけではなかった。ミステリー小説、しかも『本格』といわれるジャンルの小説を書きたいというのが学生時代からの彼の夢であり、佳作にひっかかったのもミステリーとサスペンス小説を募集している賞だった。

かなり大きな賞だったので、編集者から連絡があり、アドバイスももらった。新作が書けたら送ってくるといいという言葉ももらったが、デビューの道は開けなかった。

居酒屋の厨房《ちゅうぼう》とコンビニでアルバイトをしながら執筆し、色々な賞への応募を続けたが、最終選考まで通ることもなく、自分には才能などないのではと諦めかけていたところに救いの手が差し伸べられた。長年の友人でもある出版社勤務の同級生から官能小説を書いてみないかと提案され、彼のおかげで月刊誌への連載が決まったのである。

「痴漢に遭うことはよくあるの？」

才の問いに貴島は首を横に振った。

「学生時代には何度かありましたが、会社を辞めたあとはあまり混雑した電車に乗らなくなったこともあって、何年かぶりという感じでした」

「その日は混雑した電車に乗ったんだね」

「はい。出版社との打ち合わせで……」

夕方のラッシュ時間にちょうどかち合ってしまったのだ、と、貴島はそのときのことを思い起こした。

背後にぴたりと張り付いてくる人間の体温を感じたと同時に、尻の割れ目あたりに熱い塊が押し当てられたのがわかった。気味が悪かったが、間もなく降りる駅だったので我慢することを選んだ。それで痴漢は騒がれないと見込んだのか更に大胆になり、ぐいぐいと雄を押し当ててきた。

その後すぐに駅に到着したので、貴島は車両を降りた。どんな男かと顔を見てやろうと思ったが、人波に紛《まぎ》れてしまったようで特定はできなかった。

「……最初は単に痴漢に遭っただけだと思ったんです。でもまた混雑した電車に乗ったときに、同じように痴漢に遭って」

同じ時間帯というわけではなかったので、最初、貴島は『またか』と思っただけだった。

その日は久々に友人と映画を観に出かけた帰りだった。ちょうどドアに押しつけられるような体勢となっており、そちら側のドアは数駅開かないという状況だった。

尻に熱い塊が押し当てられ、前を触られる。いい加減にしろと振り返って睨みたいが、首を回すこともできない混雑ぶりだった。

声を上げようかと迷うほど、痴漢は図々《ずうずう》しさを増し、前どころか胸まで触ろうとしてきた。

冗談じゃないと、自分の手の自由をなんとか取り戻そうとしたときに、痴漢が耳元に囁《ささや》いてきた。

『次で降りよう。もう、我慢できない。君もそうだろう?』

何を馬鹿なことを。いよいよ貴島は大きな声を上げようと口を開きかけた。が、男が続けて囁いてきた言葉を聞き、愕然《がくぜん》としたのだった。

『君はきっと牝になるよ』

馴染《なじ》みのありすぎるフレーズ。そうだ。痴漢が最初に告げた言葉は自分が小説に書いたものだ。『牝』という単語も書いた。そんな偶然が、と唖然《あぜん》としたとき、電車が急停車をしたせいで、身体の間に少し隙間ができた。我に返るより前に身体は動いていて、貴島は痴漢から逃れるべく次に開くほうのドアに向かったのだった。

「……そのあとまた、同じことがあったんです」

二度目はまだ偶然の可能性はあると思った。しかし三度、同じ目に遭うともう、わけがわからなくなった。

「また、小説の中の台詞《せりふ》を痴漢が言ってきたと。その小説は発表前だったんだね？」

才に確認を取られ、「はい」と頷《うなず》く。

「それにその……痴漢の行為についても似ていると、三度目にして気づきました。痴漢は皆、同じようなことをするといわれればそれまでですが」

「しかし台詞まで同じということはないよね」

「はい……でも……」

そこに自信がなくなりつつある、と貴島は我知らぬうちに首を横に振っていた。

「あり得ない。そう思うから、現実に起こったのか、自信がなくなったというのかな？」

またも才が貴島の心情を当ててくる。無意識のうちに貴島は才をそうした存在だと見なしていたようで、驚きはもう感じなかった。

それどころではないという心理が働いていたこともある。

「はい……自分の妄想なのではと不安になりました。もともと官能小説を読むという趣味もなかったので、自分で書くようになってからは勉強のために色々な作品を読むようにしています。執筆前にはどういったものを読者が好むのかと考え、結果、頭の中はいやらしいことでいっぱいになります。妄想を掻《か》き立てて書いているのですが、もしかしたらその妄想を、現実のものと取り違えでいるんじゃないかと……」

「痴漢に遭ったことも妄想だと?」

才が小首を傾《かし》げるようにして問うてくる。

「いや、それは現実だと………思うのですが……」

実際に電車に乗り、痴漢にも遭った——はずだ。数日経っているせいで、記憶も身体に受けた感覚も薄れている。

電車に乗ったことは事実でも、痴漢に遭った部分は夢でも見たのではと言われれば、違うと強く否定はできない。そもそも小説に書いた台詞をそのまま喋る痴漢など、存在するはずがない。

「……わからなくなりました……」

考えれば考えるほど、現実とは思えなくなる。痴漢までは現実、痴漢の囁きは妄想——それもありそうな気もすれば、痴漢自体が妄想という気もしてくる。

妄想を現実ととらえるようになったのだとしたら、その原因はなんなのか。欲求不満だからだろうか。そんな自覚はないはずだが、知らないうちに願望を抱いているのだろうか。痴漢に遭いたいという――？　自分の書いた小説の主人公のように？

「なんだか悩みが変わっていないかい？」

才の言葉に、貴島はいつしか浸っていた一人の思考の世界から呼び戻された。

「小説に書いたことが現実に起こる。その謎を解明しに来たんじゃなかったかな？」

「……あり得るでしょうか。そんなことが……」

『あり得る』という言葉に縋《すが》りたいと思う一方で、慰め以外に才がそう告げるわけがないと悟る自分もいる。

「状況次第ではあり得るとは思うよ。しかし今の話だけでは判断するのに材料が足りない」

才はそう言うと、クーラーの中からシャンパンボトルを取り上げた。が、既に空だったようで肩を竦《すく》め、声を少し張る。

「愛君」

と、すぐさまドアが開き、先程の女装の美少年が、新しいボトルとフルートグラスを手に部屋に入ってきた。

「ありがとう。愛君、君はどう思う？」

微笑みながら美少年に問い掛ける才を前に、この少年にも話すのか、と、貴島はそれまで伏せていた顔を上げた。

「ご安心を。興味ありませんので」

ちょうど少年と目が合ったものの、つんとすました顔でそう言い捨てられ、何も言えなくなる。少年は二客のフルートグラスにシャンパンを注ぐと、空のボトルを手にドアへと向かっていった。

「彼は僕の助手だからね。勿論《もちろん》、守秘義務は約束するよ」

ドアが閉まると才はそう言い、新しいグラスを手に取った。

「こっちのシャンパンも美味しいよ。飲んでみるといい」

「……ありがとうございます」

執筆中、酒量も増えた。それであのようないやらしい妄想をするようになったのだろうか。そう思うとなかなかグラスに手が伸びないでいた貴島に、才がそれは魅惑的な顔で微笑み、頷いてみせる。

「大丈夫。君の悩みは必ず解決してあげるから。今、君に必要なのは、苦悩を忘れるための美味しいシャンパンだと思うよ」

「……忘れる……そうですね」

飲んで忘れられるならいい。飲んだ上での勘違いなら更にいい。

現実なのか妄想なのか。答えを与えてほしかった。現実ならどうしてそのような現象が起こるのか、科学的な説明をつけてほしかった。

求めすぎだったのかもしれない。兄が才の話題を出したときに、あまりに賞賛したので、期待しすぎてしまったのだ。

「そんな顔しないで。大丈夫だから。次にまた、夢が現実になったらここへいらっしゃい。そして話を聞かせてほしい。いいね？」

しかしこうしてさも心を読んだようなことを言われると、やはり期待をしてしまう。この人なら助けてくれるのではないか、と――。

「大丈夫だよ」

繰り返される言葉。無責任じゃないかと反発する気持ちと、安心感を得たいと願う意志が、自分の中で拮抗《きっこう》している。

「さあ、どうぞ」

差し出されるグラスを受け取り、口をつける。弾《はじ》ける泡のごとく、己の悩みも弾けて消えていくといい。現実逃避とわかりながらも貴島は才の前でグラスを一気に空け、それでいいというように微笑み頷く才に対し彼もまた頷いてみせたのだった。

2

才のもとを訪れた翌日には、例月の出版社との打ち合わせが入っていた。電車に乗りたくなかったこともあって貴島は、できれば場所は自宅近くにしてもらいたいと、担当編集に申し入れた。

『それなら家に行くよ』

担当編集は実は、貴島にとっては中学からの同級生で、親友といっていい間柄だった。名を城崎《きのさき》海斗《かいと》という。中学から大学まで同じ学校で、仲良くなったきっかけは、中学の入学式のあと、名前の順で決められた席が近かったから、という単純なものだったが、昔も今も、貴島にとっては一番気の合う友人で、将来の夢を語り合った仲でもある。

小説家になりたいという貴島の夢を誰より応援してくれたのが城崎だった。彼の夢は小説の編集者となって人々の心に響く名作を世に出したいというもので、貴島の夢が小説家と知ると、貴島の本を自分の手で出版するのが夢になった、と瞳を輝かせた。

貴島との共通点は、実家が裕福なことくらいで、他はほぼ正反対といってよかった。身長百八十五センチのスポーツマン体型で、テニスとゴルフ、それにキャンプが趣味というアウトドア志向。海外のモデル並みのスタイルのよさを誇り、頭が小さく脚が長い。車の運転も趣味の一つで、大学生のときから外車を乗り継ぎ、今の愛車はポルシェだった。

内向的な性格の貴島とは違い、人付き合いも得意で友人も多い。常に輪の中心にいるタイプで、中学、高校と生徒会長に就任していた。

貴島が夢を叶えるのに時間を要したのと比べ、大学卒業後は大手出版社にすんなり就職を決めた。入社時の配属はファッション誌となったが、三年で文芸部への異動を果たし、今に至っている。

貴島に官能小説を書くよう勧めたのも城崎だった。生活費を稼ぐためのアルバイトで疲弊していく貴島を見かね、同じ稼ぐなら小説で稼ぐといいと、自分が新たに担当することになった雑誌での連載の仕事を与えてくれたのだ。

『昼食を何か買って行くよ。希望はあるか？』

「いや、特にない。昨日、ちょっと飲みすぎたので軽いものがいいかな」

オの家で、結局シャンパンのボトルを二人で二本、空けてしまった。少々二日酔い気味だったのでそれを告げると城崎は、

『珍しいな。家飲みか？　まあ、いいや。それじゃ、昼頃向かうよ』

詳しいことはまたそのときにと言い、電話を切った。

貴島が執筆に詰まるとアルコールに逃げることを知っているため、心配してくれたものと

思われる。貴島は、オのところに相談にいった話を城崎にはするつもりがなかったので、勘違いされたのをそのまま通すことにしようと心を決めた。

予告どおり十一時五十分に、城崎は貴島の家に現れた。

「中華粥《がゆ》と迷ったんだがサンドイッチにした」

ほら、と紙袋を差し出してきた城崎に貴島は「ありがとう」と礼を言い、勝手知ったるとばかりにダイニングテーブルについた彼に、

「何を飲む？」

と尋ねる。

「あるものでいいよ。確かに顔色、悪いな。大丈夫か？」

心配そうに問うてきた彼に貴島は
「大丈夫だ」

と答えると、冷蔵庫から取り出した炭酸水のペットボトルを城崎に示してみせた。

「これでいい？」

「ああ。ありがとう」

城崎はミネラルウォーターはガス入りを好む。彼が貴島の部屋を訪れることは仕事でもプライベートでもよくあったので、貴島は常に彼のために炭酸水を数本、冷蔵庫に入れていた。

自分は今まで飲んでいた麦茶でいいかとペットボトルをデスクまで取りに行く。

「今月分、読んだよ。いい感じじゃない？」

貴島が前に座ると、早速城崎が仕事の話を始めた。

「そうか。よかった」

例の『小説が現実になる』悩みから原稿にいつも以上に集中できず、提出は締切ギリギリとなってしまっていた。

内容についても自信がなかっただけに、『いい感じ』と言ってもらえてほっとした、と、安堵《あんど》から貴島は微笑んでいた。

「夜の公園で声をかけられ、そのまま茂みの中で……というのは、さすがに無理があるかなと思ってたんだ」

主人公は二十代のＯＬという設定だった。残業を終えての帰り道、いつものように公園を抜けて帰ろうとしていたところを、若い男に不意に腕を引かれ、茂みの中で犯される。

痴漢行為をしかけてきた男に誘われホテルに行くというのにも、相当無理があるとは思っていた。若い女性であれば、いくら近道であっても、真夜中に深い茂みがあるような公園を通ることなどしないのではないか。この主人公には危機感というものがない。欲望に従順すぎるというか、単なる男好きというか。欲求不満なんだろうかとすら思える主人公にはなかなか同調できないし、理解もできない。

しかし『理解』は不要なのだというのが城崎の意見であり、今日も彼はそれを貴島に告げて寄越《よこ》した。

「無理があってもいいんだ。主人公はアイコンなんだよ。いわゆる読み手の夢だ。こんなエロい女がいてほしいという。貴島が考えるべきなのは、彼女の心情ではなく、読者の心情だ。どうすればより、楽しんでもらえるか。それを常に追究していけばいい」

城崎からこの言葉を聞くのは、今回が初めてではない。原稿を提出するたびに聞いている気がする、と貴島は密《ひそ》かに溜め息を漏らした。

頭では納得している。エンターテインメントというのはそうしたものだ。官能小説に限らず、エンタメとしての小説は読者のほうを向くことが大切である。それはわかっているのだが、やはり主人公には違和感を持ってしまう。

もともと、貴島は性的には淡白なほうだった。城崎は脚フェチであると公言しているが、貴島には『フェチ』と言えるような好みはない。童貞ではないが性体験も豊かではなく、官能小説を書くようになるまでは知らない体位も多数あった。

読者の好みといわれても、正直なところよくわかっておらず、担当編集である城崎を頼ってしまっている。現状としては、読者の好みではなく城崎の気に入るものを目指しているといっていいかもしれない。

「わかった」

城崎が『いい感じ』と言ってくれたのだ。それでよしとしよう。心の中で呟《つぶや》いた声が聞こえたかのように、頷いた貴島に城崎が笑いかけてくる。

「僕は相当気に入った。あの公園はここの近所のかな?」

「うん。まあ。夜中はほとんど人通りが途絶えるなと思って」

今、貴島が住んでいるのは、W大から徒歩にして十五分ほどのところにあるアパートだった。卒業大学であるので土地に馴染みがあったのと、学生街ゆえ家賃が安いのが決め手となった。

古いアパートなのでオートロックは勿論、監視カメラなどの設置もない。防犯面は不安ではあるが、そもそも盗まれて困るのは執筆に使うパソコンくらいであること、加えて外出を滅多にしないことから盗難に遭う確率も低いと、二度目の更新を迎えたところである。

「描写がリアルでよかったよ。日菜《ひな》の心理描写も、僕は無理なく読めたけどな。何より偽ものの女っぽくなくなってる」

「よかった。安心したよ」

日菜というのは、貴島の小説の主人公の名前だった。貴島は一人称で書いているのだが、今まで散々城崎から『主人公の思考が女っぽくない』というダメ出しを喰《く》らい続けてきたのだった。

城崎から官能小説を書いてみないかと誘われたときに、「最初は書きづらいだろうから、男を主人公にしてみたらどうだ?」と提案された。

「別に自分をモデルにしろと言ってるわけじゃない。女性主人公を書いたことがないというからさ。それに」

と城崎が続けた言葉は、貴島にとってはどうにも耐え難いものだった。

「男同士や女同士のセックスを絡ませるのが最近の流行でもあるんだ。主人公は男も女もいける美青年とか。売れ線じゃないかと思うんだが」

「男同士は無理だ」

取り繕う余裕などなく、思わず本音が漏れていた。

「そうか」

吐き捨てるような言い方になってしまったからか、城崎は鼻白んだ顔になったが、すぐ、

「それなら主人公は普通に女性がいいかな」

と何事もなかったかのように流してくれ、大人気ない自分をあとから貴島は反省したものだった。

「この間の痴漢電車もよかったよ。読者人気もだけど、編集部内の評判もいい。日菜の、嫌がっているように見えて実はさほど嫌がっておらず逆に誘ってるところがツボるって編集長も言っていた」

「嬉《うれ》しいな。それは」

リップサービスだとわかってはいたが、褒められるのはやはり嬉しいものだった。

自然と笑顔になっていた貴島に、城崎が問いかけてくる。

「そういや、昨日は誰と飲んだんだ？」

「え？　ああ……」

どう答えようかと、貴島は一瞬悩んだ。城崎は親友であるし、それに小説のことについての相談相手には彼こそが適任であるとも思う。しかし、小説に書いたことが現実に起こるなどという相談を持ち掛ければ、精神状態を心配されると軽く予想がつくだけに、やはり打ち明けることは躊躇われた。

とはいえ、彼とは中学時代からともに過ごしてきている上に、貴島が会社員時代の知人とはまるで付き合いが切れていることも知っている。ほぼ衝動で辞めてしまった、その辞め方はあまり綺麗とはいえず、迷惑もかかっているとわかっていたため、貴島のほうからコンタクトをとることを躊躇っているうちに完全に関係は途絶えてしまったのだった。

家族とも絶縁状態であり、唯一の理解者である兄は海外にいる。誰と飲んだと言おうと迷った挙句、嘘ではないが限りなく真実に近い答えを思いついた。

「兄貴から紹介された、兄貴の先輩……というか友達というか……。非常に興味深い性格やらバックグラウンドをもっているので、小説のネタになるんじゃないかと、兄貴が気を配って飲み会をセッティングしてくれたんだ」

「興味深いって、どういう性格でどういったバックグラウンドの持ち主なんだ？」

案の定、興味を持たれてしまった。自分にも紹介しろと言われたらどうしようと案じながらも、答えないわけにはいかないと貴島は説明を始めた。

「なんでもできるがゆえに何にも興味を持てないんだそうだ。世捨て人のような生活をしている」

「なんでもできるのなら、世のため人のためになるようなことをすべきじゃないのかね」

『世捨て人』という選択が、城崎は気に入らなかったようで、不満そうな顔でそう言い首を傾げている。

彼自身が『なんでもできる』タイプである上、他者に対して積極的に動くことが多いので、歯痒《はがゆ》く感じるのかもしれない。

「で？『なんでもできる』というのは具体的に何ができるんだ？　小説を書くとか？」

「あー……うん」

医師免許を持っているとか、司法試験に受かったと言うと、ますます『世のため人のため』と言い始める気がして、貴島は適当に誤魔化すことにした。

「詳しいことは聞いてない。ただ、凄《すご》く特徴的な人だった。そうそう、同居している助手の子がまた特徴的なんだ。女装の美少年なんだよ。すごい塩対応で」

才本人ではなく、助手の愛少年のことでお茶を濁そうとした貴島だったが、すぐさま後悔することになった。

「へえ。女装させているのはその人の趣味なのかな。興味深いね」

ますます興味を持たれてしまった、と貴島は焦り、早々に話題を終わらせることにした。

「うん。凄く興味深かった。充分インタビューはできたので、多分もう二度と会うことはないと思う。紹介してくれた兄さんには感謝しかないよ」

「……ということはこの先、その人や女装の美少年が小説に出てくるかもしれないってことか。それは楽しみだな」

幸いなことに、城崎の興味はそこまで深くはなかったようで、話題を引っ張ることはなかった。

「お兄さんは元気？　今、ニューヨークだっけ」

「うん。もう長いから、会社はそれなりのポジションを日本に用意して帰国させようとしているんだけど、日本には帰りたくないから、今度はインドに行きたいと交渉しているって言ってたよ」

「インドか。貴島の兄貴こそ、『なんでもできる』しネタになりそうだよな」

「兄貴は俺の小説を読んでくれているから、ネタにしたら即、バレるよ」

「それじゃ、怒られそうだな」

城崎が首を竦めるのを見て、貴島は笑ったのだが、ふと、兄にしても城崎にしても、そして昨日出会った才にしても、自分の周りには『なんでもできる』人間が揃《そろ》っているものだなと今更の自覚をしていた。

一方、自分はどうだろう。

小説家になりたいという夢は一応かなえた。しかし、官能小説家になるのが夢だったかと問われると、頷けないものはある。

過ぎたる望みだとはわかっているが、と、貴島は思考を切り替え、連載についての打ち合わせに入るべく、口を開いた。

「次回の展開なんだけど、そろそろ新しい切り口を見つけたほうがいいんじゃないかと思うんだ」

「読者はマンネリを好む傾向があるからなあ。貴島が飽きたというのなら、勿論変えてもらってもかまわない。ただ、今支持されている『嫌がっているはずなんだけど実は求めている』という路線はキープしたほうがいいような気はするよ」

「いやよいやよも好きのうち……城崎に言われたんだよな」

連載の仕事を回してくれたとき、官能小説を書いたことがなかった貴島に、文字通り手取り足取り指導してくれたのは城崎だった。

おかげで連載は続いているし、編集長から好意的なコメントももらえている。もう、感謝しかない、と、改めて実感したこともあり、今更と思いつつ貴島は城崎に感謝の気持ちを言葉にして伝えることにした。

「お前のおかげでバイトをしなくても食べていけるようになった。本当にありがとう」

「どうした、いきなり」

唐突に感じたのか、城崎は目を見開いたあと、にや、と笑いかけてきた。

「ああ、原稿料をそろそろ上げてほしいというおねだりかな？」

「まさか。充分すぎるほどもらってるよ」

誤解だ、と貴島が思わず大きな声を上げたのは、言葉どおり、自分には過ぎるほどの金額での支払いがなされているためだった。新人作家の稿料の相場など、作家に知り合いのいない貴島は知る術《すべ》もなかったのだが、常識として考えて、月刊誌に連載を持っているだけで、切り詰めているとはいえ一ヶ月の生活費をまかなえるなどあり得ないということはわかっている。

「前から気になっていたんだ。お前の不利益になっていないかって」

友情はありがたい。しかし、自分のせいで城崎の社内での立場が危うくなるようなことにでもなっていたらと思うと、それは申し訳ないが過ぎる。

実は今まで何度か、そうした問い掛けをしたことがあった。そのたびに城崎は貴島の心配を笑い飛ばすのだが、今回も同じく、さも可笑《おか》しくて仕方がないというように笑い出したのだった。

「お前の原稿料を僕が不当に高く設定してるって？　そんな権限が僕にあるわけないじゃな

いか。エロ系は売れるから、原稿料も相場より高く設定されているんだよ。心配なら今度編集長に会わせようか？」

「いや、それは別にいいんだけど……」

編集長は、自分の好みのシチュエーションを担当作家に書いてもらいたがるのだが、そのシチュエーションとはSMとのことで、彼の押しの強さを城崎から聞いていただけに、それは避けたい、と貴島は首を横に振った。

「お前は新人だから、ウチの雑誌の中では原稿料が一番低いんだ。まだまだ上を狙えるんだから、頑張ってもらわないと」

「ああ、わかった」

毎度丸め込まれている気はする。しかしいくら友人だからといって、そこまで便宜を図ってくれるというのもまた不自然か、と、いつもこのあたりで貴島は自分を納得させるのだった。

「ところで、続きはもう書いてる？」

原稿を提出したのは三日前だった。締切日前後は城崎は校了で忙しいので、次の打ち合わせまでには読んでおくと連絡をくれていたのだが、その答えを待っていると次回の締切までに原稿を仕上げるのが難しくなることから、書き直すことありきという前提で貴島は続きを書くようにしていた。

「書いている」

「早く読みたいよ。ちょうど気になるところで終わっていたから」

茂みの中に連れ込まれ、そこで主人公、日菜は男から襲われると思いきや、奉仕としかいえないような行為をされる。あまりの快感に昇天しかけたところに新たな人影が差して、というところで『続く』となっていたが、書いたときには実際、その人物を誰にするといった先の話を考えていたわけではなかった。

城崎の、連載は次回に気を持たせる引きが大切だと言われたアドバイスをそのまま活かしたのだが、今、書いている続きの部分ではその人物の正体は明かしていない。

日菜に傅《かしず》き『ご主人様』と譫言《うわごと》のように言いながら、ストッキングを脱がされていた素足に口づけをする。編集長に阿《おもね》るSMっぽさを少しだけ演出したところまで書いたものの、一体この人物は誰にしようかと迷っていたこともあって、貴島はさっそく城崎に相談することにした。

「やはり通りすがりというよりは、日菜にかかわりのあった人物のほうがいいと思うか？」

「そうだな……今、日菜をイかせてる相手の正体も明かしていなかったが、アレは誰なんだ？」

「ああ、そうか。プロットに書いていなかったな」

エロティックなシーンが主で、内容はあってないようなものなので、きっちりしたプロットの作成は求められていなかった。主人公のプロフィールとおおまかな流れ、それにエンディングのみ、最初に打ち合わせたものの、あとは自由に書いていい、読者の反応によっては方向転換あり得《う》べしということで、というのが城崎との取り決めであり、書きやすいのだか書きにくいのだか、貴島にとってはどちらと判断がつかないような執筆方式となっていた。

「痴漢をした結果、ホテルに連れ込んだ男の友人だ。ホテルで日菜が失神している間に彼女のバッグの中にあった免許証から、日菜の住所と名前を知って友人にも知らせたんだ。二人で日菜を共有しようとして」

「なるほど。となると次回登場する男はその痴漢か？」

「そこを迷っていて。第三の男にして、結果として日菜のハーレムを形成しようかなと」

「ハーレムか。それも面白いかもな。本人にはまったくその気はないのに、潜在する魅力で男たちを従えていく……うん、面白いよ。そっちの方向でいこう」

城崎が弾んだ声を出すのを聞き、貴島は自分のアイデアが受け入れられたことに安堵の息をついた。

「よかったよ。気に入ってもらえて」

「はは。気にすべきは僕じゃなくて、読者が気に入るかどうかだからな」

そう釘《くぎ》を刺してきながらも、城崎も満更でもない表情を浮かべていることに貴島は気づいていた。

付き合いが長いこともあって、城崎の好みを探るのはさほど難しいことではない。今回のハーレムも実際、城崎の好むシチュエーションではないかと予想して書いたものだった。

脚に口づけるのも、脚フェチの彼の好みを考えてのことである。やはり自分の小説は城崎ありきのものだ、と改めて実感していた貴島は、城崎に話しかけられ、いつしか漂っていた一人の思考の世界から呼び戻されることとなった。

「期待しているよ。日菜のハーレム。第三の男がどう絡んでくるのかも楽しみだ。人間関係的にも、それに体位的にも」

「体位……最近、限界も感じているんだよ」

資料として官能小説は勿論、AVも随分と提供してもらい、体位や行為の勉強もしていたが、実際書くとなるとやはりワンパターン感は否めない。とはいえ、あまり突飛なものもどうかということで冒険ができないでいるのだが、という貴島の相談にも城崎は親身になってくれた。

「別にいいんだよ。あまりとんでもないものだと、読者は実際にできるのかと興奮する前に素に戻ってしまうから。普通が一番だと思う。特にお前の作風だと」

「またか、とはならないかな？」

「ならないならない。『またか』がいいんだよ。日菜の、最初怖がっているけど、結局は快感に溺《おぼ》れてしまうという流れもそのままがいいと思う。当面はね」

飽きられたらまた考えよう、と城崎は言うと、ふと思い出した顔になった。

「ああ、そうだ。お前がファンだと言っていた推理作家、今年デビュー十周年でサイン会とトークショーをやるそうだよ。折角の機会だからチケットとろうか？」

「え？　いいのか？」

思わず声が弾んだ貴島の前で、城崎が微笑み頷いてみせる。

「勿論。そのくらいの融通はきく。なんならその日、紹介するよ。打ち上げに来るといい」

「いや、それはさすがに。滅相もない」

憧れの作家と顔を合わせたら、緊張で何も喋れなくなる。トークを聞き、サインをもらえるだけで大満足だ、と慌てる貴島を見て、城崎が少し呆《あき》れた様子となる。

「欲がないというか、人見知りが過ぎるというか。折角の機会だぞ」

「それはそうなんだけど、やっぱり無理だ。遠目に見るだけでいい」

「神格化してるのかな？　相手も人間だぞ。知り合っておいて損はないし、それにほら、ミステリー作家を目指していると言えばアドバイスももらえるんじゃないか？」

「畏《おそ》れ多いよ」

遠慮でもなんでもなく、自分を自分と認識してもらうような状況となったらと想像するだけで顔が強張《こわば》る。

貴島は通常ここまで対人関係に悲観的ではない。憧れが大きすぎるだけなのだが、城崎には理解されなかったらしく、

「まあ、お前がそこまで言うのなら」

と首を傾げつつも、紹介の労は執らないと約束してくれた。

「ともかく、お前の夢については応援しているよ。コッチを書きながらだとその余裕はなかなか持てないかもしれないが、ミステリーの新作ができたら僕にも読ませてくれ」

「ありがとう。頑張るよ」

実際のところ、毎月の締切をこなすのがやっとで、ミステリー小説はまったく書けていない。連載の分量はそこまで多くないので、時間をかけすぎかとは思うのだが、どうも自分は器用ではないようだと、貴島は密かに溜め息を漏らした。

書き始めた最初のうちは、不慣れだから時間がかかるのだと思っていたが、ようやく書き慣れてきた今となってもまったく余裕は生まれない。焦る気持ちもあるが、まずは仕事をこなさないことには生活費も稼げない。

そう。『小説に書いたことが現実になる』といった馬鹿げた妄想に囚われている暇はないのだ。しっかりせねば、と己に言い聞かせていた貴島だったが、まさか翌日にはその『妄想』に更に悩まされることになろうとは、未来を見通す力の無い彼にわかるはずもなかった。

3

城崎との打ち合わせのあと、書き進めていた小説の方向性があっていたことに安堵しながら貴島は公園での濡れ場を書き続け、一区切りついたところで一旦、パソコンを閉じた。

ミステリー小説も頑張らねばと思ったこともあり、仕事が捗《はかど》ったところがあった。どういどういう作品を、どういうトリックを書こうかと、ノートを開きあれこれ考えるも、これというアイデアが出てこない。

空腹を覚え、時計を見ると、時刻は深夜近くなっていた。夕食を食べるのを忘れていた、と冷蔵庫を見たが、ほぼ空っぽですぐに食べられるものがない。

散歩がてら、少し離れたところにあるJRの駅前のファミレスにでも行ってみようか、と貴島は心を決め、財布と携帯を持って外に出た。

散歩をしようと思ったのは、少しもミステリーのネタが浮かんでこなかったためだった。やはり一つの作品を書いている間は、別の作品のことを考える余裕を持つことができない。その辺の融通をきかせるにはどうしたらいいのか、今度城崎に相談してみようか。そんなことを考えながら貴島は自分が小説に出した公園の前を通ったのだが、ふと、実際にこんな場所で性行為などできるものだろうかという疑問を持った。

公園内は街灯もあり、そこまで暗くはない。深夜ゆえ人気《ひとけ》はないが、若い女性が襲われていたらさすがに近所の人が集まってきそうな気もする。

茂みもあるにはあるが、道路からさほど奥まったところにあるわけでもない。トイレの陰のほうがよかったか。

今更場所を変えることはできないが、と、思いながら、どうせなら公園内も歩いてみようかと、貴島は散歩のルートを変えることにした。

小説の主人公、日菜は若い女性なので危険もあろうが、自分は男なので危うい目に遭うこともなかろう。第一、誰もいない。公園内を歩きながら貴島は、痴漢はともかく殺人鬼というのはどうだろう、と、ミステリー小説へと思考を切り換えた。

若い男が公園を歩いているところに、殺人鬼と出くわす。そこで殺されてしまったら話が終わるか。いや、その殺人鬼のアリバイを男が『公園で見かけた』という証言で成立させるのだが、実はそれには裏があって……といった話を思いつく。

殺人鬼は男の知り合いにするか、それとも見ず知らずの男にするか。迷うな、と、考えているうちに公園の奥まで来ていた貴島は、ふと、背後から足音が響いてくることにも同時に気づき、ぎょっとした。

想像していた殺人鬼——のわけはない。多分自分と同じように散歩をしている人か、酔っ払いだろう。そろそろ引き返すことにしよう、と、心を決めるも、不意に振り返って来た道を行けば、背後にいるその人を驚かせるかもしれない、と気を遣い、そのまま足を進める。

茂み近くに迂《う》回路があることを知っていたためなのだが、その道を行こうとしたときに不意に茂みの中から飛び出してきた人物がいたため、貴島はぎょっとし、その場で立ち尽くした。

「……っ」

と、その人物に腕を引かれ、茂みに連れ込まれる。地面に倒れ込むことになり、何が起こっているのか把握する余裕はなかったが、とにかく助けを呼ばねばと口を開きかけたところに周到に用意されていた猿轡《さるぐつわ》を嚙まされ、貴島は瞬時にして恐怖に追い落とされることとなった。

強盗か。それともそれこそ『殺人鬼』なのか。男であることはわかる、と自分に馬乗りになっている相手を見上げるも、暗くてよく見えない。

猿轡は嚙まされているが、声がまったく出ないわけではない。呻《うめ》けば周囲に聞こえるのでは。そうだ。後ろを歩いていた人間がいた、と貴島はその人物の耳に届くことを祈りつつ、

「うーっ」

と声にならない声を上げた。

と、ミシ、と地面を踏む足音が近づいてくるのがわかり、微《かす》かな安堵を覚える。

「うーっ」

気づいてくれ、と尚も声を上げようとした貴島は今や、馬乗りになっていた男に両手を頭の上で押さえ込まれた状態となっていた。

明らかに誰かが近づいてきているのがわかるのに、男は動じる気配もなく、貴島の抵抗を封じている。

と、仰向けにされていた貴島の視界に、近づいてくる男の姿が映った。救いを求めようとした声が途切れたのは、暗い中でも男が目出し帽を被《かぶ》っていることがわかったからで、もしやと疑うまでもなく、その目出し帽が近づいてきたかと思うと、ポケットから取り出した手錠で貴島の両手の自由を奪った。

仲間だったのか。悲鳴を上げたくても恐怖が過ぎると声が出ないことを貴島は今まさに悟っていた。

強盗だろうか。目出し帽の男は今度、ポケットからアイマスクを取り出し、貴島の目を塞《ふさ》ぐ。

財布は持っているが、中に大金は勿論入っていなかった。金を奪ったあとに殺すつもりだろうか。二人がかりで強盗を働いているのか?

とにかく、大人しくしていよう。抵抗しなければ財布を奪い、そのまま去っていくかもしれない。下手に騒いで刺激をするとそれこそ命が奪われる危険がある。

どちらの男も武器を示してはこなかったが、だからといって持っていないというわけではなかろう。極限までの緊張を覚えていた貴島は、抵抗するつもりはないことを示そうと身体の力を抜いた。

と、馬乗りになっていた男が上から退いた気配がする。財布はジーンズの尻ポケットにある。携帯もだ。それを手に入れたらどうか立ち去ってほしい。祈るような気持ちでいた貴島は、男たちが財布に気づくように少し横を向こうとした。

と、男が屈み込んできた気配を察し、緊張を新たにする。男の手がジーンズにかかる。前のポケットではない。後ろだ。心の中で叫んでいた貴島だったが、男がボタンを外し、ファスナーを下ろしてきたことにはぎょっとし、身を竦ませてしまった。

脱がせようとしている？　まさか。しかし次の瞬間にはジーンズは下着と共に足首まで下ろされ、下半身は夜の外気に晒《さら》されることになってしまった。

まさか――。

貴島の脳裏に、自分が先程書いたばかりの、小説のシーンが浮かぶ。

主人公が公園内で二人の男に組み敷かれている。下着を脱がされ、裸になってしまった下半身に男がむしゃぶりついてきて――と想像したとほぼ同時に、男が貴島の下半身に覆い被さってくる気配を察し、貴島は猿轡に阻まれ、上げることのできない悲鳴を心の中で上げていた。

男の舌を雄に感じる。萎《な》えきったそれを男が丹念に舐《ねぶ》り始めたのがわかったが、貴島が快感を得ることはなかった。

怖い。その一言に尽きる。恐怖は男に何をされるかわからないということもあったが、また小説が現実になったことに関するもののほうが大きかったかもしれない。

小説では、主人公、日菜は襲われた男たちにこれでもかというほどの奉仕を受ける。と、もう一人の男が頭の上から覆い被さってきた気配がした直後に、着ていたTシャツを捲《まく》り上げられた。

裸の胸の上を男の掌《てのひら》が這《は》いまくる。掌で擦《さす》り上げ、乳首を立たせようとしているとわかったのは、勃《た》ちあがった乳首を摘《つ》まれたあとだった。

「……っ」

小説ではたわわな乳房を揉《も》みしだき、乳首を口に含んで愛撫《あいぶ》していたが、当然ながら貴島に乳房はない。しかし小説と同じく、男の唇は貴島の胸を舐り、乳首を強く吸い上げてくる。

今、貴島は混乱の中にいた。やはり小説が現実になっている。小説の中で主人公は、恐怖から次第に快感に目覚め、身悶《みもだ》える。ちゅぱちゅぱと乳首を吸われ、下肢を舌で執拗《しつよう》に舐られる愛撫に耐えられなくなっていくのだ。

そんな思考のせいだろうか。恐怖に震えていた貴島の身体にも、快感の波が押し寄せてきていた。

胸を、ペニスを、男たちは一心に舐り、乳首を指で抓《つね》り上げたり爪をめり込ませたり、ペニスを扱《しご》き上げたりと、間断なく攻め立ててくる。

いつの間にか貴島の鼓動は高鳴り、肌には汗がじんわりと滲《にじ》んできてしまっていた。自分がしっかり勃起していることに呆然《ぼうぜん》としながらも、小説の中でも『日菜』は感じまくっていた、と主人公に自分を自然と重ねてもいた。

『いく、いく、いっちゃう……っ』

深夜の公園、声など上げられるわけもなく、日菜は必死に喘《あえ》ぎを抑え、心の中で絶叫する。それと同じく、猿轡をはめられているがゆえに息苦しさを覚えながらも、貴島もまた心の中で、高く喘いでしまっていた。

「……っ」

男の一人が勢いよく竿《さお》を扱き上げてきたせいで、貴島はついに達してしまった。大きく背が仰《の》け反ったせいか、胸を舐っていた男の唇や手も引いていく。

射精の瞬間、頭の中は真っ白になった。と、カチャカチャという音がしたと同時に、手錠が外されたのがわかり、貴島ははっと我に返った。

手をつき、起き上がろうとした耳元に、男の声が響く。

「ご主人様、また参ります」

「……っ」

その台詞は——！

驚愕からまた、貴島の頭は真っ白になった。と、男たちが駆け去っていくのを察し、急いでアイマスクを外すも、見回したときにはもう、男たちの姿は闇に紛れてしまっていた。

猿轡を外しながら貴島は、自分の身体を見下ろした。捲り上げられているTシャツ。足首まで脱がされている下着とジーンズ。そして――萎えた雄。

今更の恐怖に見舞われ、身体が震え始めた。が、人が来るかもしれないと、必死でいうことのきかない指先を動かし、捲られたTシャツを下ろして座ったまま下着とジーンズを穿こうと試みる。

今のは間違いなく現実のはずだ。猿轡も、アイマスクも近くに落ちているので間違いない。胸は気持ち悪く唾液で濡れているし、それに下半身も、と、ぞっとしたあまり、一瞬貴島はその場で固まってしまったが、それよりも早くこの場を立ち去らねば、と、なんとか衣服を整えると、猿轡に使われたタオルとアイマスクを持って、震える足を踏みしめ、茂みの外に出た。

相変わらず無人の公園を見回してから、携帯をポケットから取り出して時刻を見ようとしたが、はらりと何か小さな紙片が落ちたことに気づいてそれを取り上げた。

なんだろう。携帯の照明でその紙片を照らし、レシートであることに気づいた貴島は、印字された文字を見て息を呑んだ。

『アイマスク　一点』

そんなもの、購入した記憶などあろうはずがなかった。なぜこんなレシートが、と、呆然としていた貴島だったが、はっと我に返ると今、自分が手にしているのがその『アイマスク』なのではと気づき、更なるショックを受けてその場に立ち尽くした。

自分で買ったのか？　俺は。

やはり今までの出来事はすべて妄想でしかなく、自分で猿轡をしてアイマスクをかけ、茂みの中で自慰よろしく、乳首やペニスを弄っていた——と？

そんな馬鹿な！

あり得ない、と激しく首を横に振るも、『あり得ない』と断言する自信を、既に貴島は失っていた。

何がなんだかわからない。しかしこんなことが現実に起こるだろうか。小説に書いたとおりのことが我が身に起こる。二人組の男に襲われはしたが、奉仕だけして男たちは去っていった。

『ご主人様、また参ります』

小説と同じ台詞を残して。そんなことが現実にあり得るわけがない。

身体にはしっかりと、他人の手に、舌に、唇に触れられた感触は残っている。これもまた妄想が呼び起こした感覚なのだろうか。

叫び出したくなる衝動を今、貴島は必死になって抑え込んでいた。もう、食事どころではない。家に帰ろう。よろける足を踏みしめ歩き出そうとした貴島の耳に、男の声が再び響く。

『ご主人様、また参ります』

この台詞はつい先程、書いたばかりだった。誰も知らない。ただ自分だけが知る台詞だ。

頭を抱えそうになるのを堪《こら》え、必死で足を進めようとする。まずは家に帰る。それだけを考えるようにしないとおかしくなりそうだ。

と、そのとき貴島のスマートフォンが着信に震えたものだから、貴島はぎょっとし、それを取り落としそうになった。が、画面を見てかけてきたのが城崎とわかると、急速に安堵が込み上げてきたこともあって、電話に出る。

「も、もしもし」

『遅くに悪い。寝てたか？』

城崎の声は明るかった。紛れもない『現実』に触れたことで、ようやく貴島は落ち着きを取り戻すことができ、はあ、と大きく息を吐き出した。

『貴島、寝てたか、やっぱり』

それを起き抜けと勘違いしたらしい。しかし貴島は城崎の勘違いをそのまま受け入れることにした。

「大丈夫だ。なに？」

『著者校正のスケジュールを昨日伝えそびれたかと思って。今月はいつもよりちょっと早いんだ。悪いけど』

「そうなんだ……わかった。期日までに戻すようにするよ」

これが『日常』だ。そう。先程までの出来事はやはり、夢だったのだ。もしくは妄想。貴島の頭の中で酷く冷静な己の声が響く。

『ゲラは明日、発送するから。それじゃあ、おやすみ』

「おやすみ」

挨拶をし、電話を切る。家に帰らねば、と貴島は歩き出したが、そのときには無事、冷静さを取り戻していた。

帰宅すると貴島は、すぐに浴室へと向かった。古いアパートなので、家賃は安いが風呂とトイレは別になっている。脱いだジーンズもTシャツも泥で汚れていた。見ないようにして洗濯かごに放り込み、シャワーを頭から浴びる。

公園で起こったことが頭に、身体に蘇《よみがえ》りそうになる。頭の中まですべて洗い流せたらいいのにと願いながら貴島は、随分と長い間、シャワーを浴び続けた。

素面でいるのがつらくなり、シャワーのあとには冷蔵庫の中にあったビールを取り出す。二缶、三缶と続けて空けたのは、思考力を手放したかったからだった。

泥酔状態で眠れば夢も見まい。公園で見知らぬ男たちに組み敷かれ、奉仕される。別にそのような願望を抱いたことはない。小説に書きはしたが、読者受けを狙ってのことで、決して自分の願望ではない――はずだった。

実は自分もあんな目に遭いたいという望みを意識下で抱いていて、それが妄想という形となったわけでは決してない。しかし『現実』とは思えないし、現実であったらあったで怖すぎる体験である。

一体どうしたら――そろそろ酔いが回ってきた貴島の頭にそのときふと、才の笑顔が浮かんだ。

『そんな顔しないで。大丈夫だから。次にまた、夢が現実になったらここへいらっしゃい。そして話を聞かせてほしい。いいね？』

頼ってしまおうか。彼ならきっと答えを与えてくれる気がする。夢か、現実か。妄想か、それとも事実なのか。

夢や妄想という結論が出た場合、処置についても相談できるといい。二度と夢を見ないように、妄想に囚《とら》われないようにするにはどうしたらいいのか。きっと才なら答えを与えてくれるに違いない。明日にでも訪問したい旨、電話をしよう。そう決めただけで不思議と落ち着くことができた、と貴島は安堵の息を吐《つ》いた。

何があったかを詳しく説明するには、と、パソコンを立ち上げ、今日、書いていた小説を開いてプリントする。濡れ場の描写を読ませるのかと思うと少し気恥ずかしくはあるが、口で説明するよりはマシだ。またも公園での出来事が蘇りそうになり、冷蔵庫にビールを取りに行く。

食べ物はないが、ビールはいつも余るほどに冷蔵庫に入れていた。ビールではなく発泡酒ではあるのだが、会社を辞めて以降、ストレスを酒で流すことが多くなってきたと反省する。

会社を辞めたことに後悔はないが、生活の安定は失った。今は城崎が月刊誌の連載という仕事を与えてくれているが、それを失ったらまた、生活費の心配をしなければならなくなる。

今も裕福とは真逆のところにいるし、ちょっとした贅沢をするのも躊躇うような額の収入しかない。しかし、夢を諦め会社に勤め続けるよりは、余程生き甲斐《がい》のある日々を送っていると思う。

他人からしたら負け惜しみとしか聞こえないだろう。一流といわれた企業、同年代と比べても高い年収。それらをすべて捨て夢を追うなど、馬鹿げているという意見が多いのは納得はできた。もしも他人が同じ道を選ぶと言ったら、馬鹿にこそしないまでも、本当に大丈夫かと心配はするだろう。

酔いのせいか、思考がいつものループに入り込んでしまった。しかしこれで眠れる。安堵から溜め息を漏らした貴島の耳に、才の声が蘇る。

『大丈夫だから』

その声に守られ、眠ることにしよう。一度会っただけの人だというのに、すっかり依存している自分の心理を不思議に思いながらも貴島は、その信頼に我が身を預けることで睡眠を得ることに成功したのだった。

翌日、昼過ぎに貴島は才の家に電話をかけた。応対してくれたのはどうやら愛だったようで、愛想の欠片《かけら》もない口調で、『お待ちください』と言われたあと、長いこと待たされた上でようやく、

『いつでもいいそうです』

という返事をして寄越した。

「それではすぐに伺います」

夜遅くなるとまた、酒を飲みすぎることになるかもしれないと貴島は日中の時間を選んだ。酒を振る舞われることを期待しているわけではなく、昨夜も一人でかなり飲んだために、二日酔い状態となっていたからだった。

仕度をすませると貴島はすぐにアパートを出て駅へと向かった。一回目の相談のときは、気を配れなかったが、何か手土産《てみやげ》を持っていったほうがいいだろうかと考えるも、大富豪の家に持っていくようなものを思いつかず、結局今回も手ぶらでの訪問となった。

大きな門の横のインターホンを押すと、自動式の門が開く。門から玄関までの距離も長く、見事に手入れされた庭を横目に玄関に向かうと、今日もミニスカートの脚が眩《まぶ》しい愛が愛想笑いを浮かべることもなく、憮然《ぶぜん》とも見える表情で貴島を待ち受けていた。

「どうぞこちらに」

貴島を玄関の中に入れたあとは、それ以外一言も喋らず廊下を進む。気に入った相手には

ツンケンするといったようなことを前回聞いたが、これは誰がどう見ても嫌われているという状態では、と案じはしたものの、声をかけられるような雰囲気でもなかったので、フォローもできないまま、この間通された応接室へと向かった。

「先生、いらっしゃいました」

相変わらずむっとした声、むっとした顔でドアを開き、中にいる才に吐き捨てるようにしてそう告げる。

「やあ、靖彦君。いらっしゃい。顔色が悪いね。大丈夫？」

才はあたかも旧知の仲のように迎えてくれる。愛と足して二で割ると、対人関係が一般的になるのかもしれない。そんな呑気《のんき》なことを考える余裕はないはずなのに、才の顔を見て安堵したからだろうか。思わず貴島は彼を前に、深い溜め息を漏らしていた。

「どうしたの？」

相変わらず才はにこやかにそう問い掛けながら、貴島に近づいてくると、手を取り、ソファへと導く。

「どうぞ。何か飲んだほうがいいね。この間はシャンパンだっけ。今日はどうする？　シャンパン？　ワイン？　ビールやウイスキーもあるよ」

「……いえ……お酒は……」

まだ二日酔いといっていい状態だったため、貴島は首を横に振ったのだが、

「迎え酒という手もあるよ」

と才は微笑むと、手持ち無沙汰な様子で近くに佇《たたず》んでいた愛に声をかけた。

「ハイボール。薄めでね」

「わかりました」

やはりむっとしたように愛は返事をしたが、一分もしないうちに二つのグラスを載せた盆を持って部屋に戻ってきた。

無言で貴島と才、二人の前にグラスを置き、部屋を出る。

「ほぼ炭酸水だから。飲むと少し落ち着くよ」

ほら、と才がグラスを手に取るよう、促してくる。

「ありがとうございます」

レモンが少し香るグラスの中身は、才の言うようにその清涼感が喉に心地よかった。気持ちも少し落ち着いた、とまたも溜め息を漏らしていた貴島に、才が笑顔で問い掛けてくる。

「それで？　また君が小説に書いたことが現実に起こったんだね？」

「……それが……わからないんです」

実際何が起こったのか。否、起こっていないのか。自分にはもう判断がつかない、と、貴島は持っていたバッグからプリントアウトした原稿を取り出し、才に差し出した。

「昨日書いたばかりで、誰にも見せていません」

「読者一号ということか。読ませてもらうね」

才は速読術でも会得しているのか、ページを捲《めく》る手は速かった。読み飛ばしているのだろうかと疑ってしまったが、彼を侮るべきではなかったと、貴島はすぐ後悔することとなった。

「なるほど、公園で襲われたんだね。人数は二人？　ただ奉仕され、最後に『ご主人様』という台詞を言われたのかな？」

「そ……そうなんです」

きっちりと読んでくれているとわかり、疑った自分を恥じたあとに貴島は、自分の身に何が起こったかを詳しく説明した。

「公園で待ち伏せをされ、つけてきたと思《おぼ》しき男が合流して二人がかりで襲われた。手錠と猿轡、それにアイマスクを装着されて、あとはほぼ小説のとおりだったと。手錠やアイマスクは小説には出てこないよね」

ふうん、と才が興味深そうに確認を取ってくる。

「はい」

普通なら悲鳴を上げるだろうが、それより前に喘がされている。手足の自由を奪わずとも、胸を揉みしだかれ、抵抗をやめているという流れだった。目隠しもされていない。というのも公園に明かりはなく、真っ暗ゆえに相手の顔は見えないという描写をしていた。

ロケハンに行ったわけではないので、公園内が思いの外暗くもなく、目が慣れてくると人の顔も識別できるほどであるというのを知らなかったのである。

それを説明すると才はまた、「ふうん」と少し考える様子となったあとに、新たな問いを発してきた。

「男二人は君から離れていった。手錠は外したが、アイマスクと猿轡はそのままだったんだよね」

「はい。それで……」

貴島はポケットから、アイマスクのレシートを取り出し、才に渡した。

「これがポケットに入っていたんです」

「レシート。アイマスクは君が自分で買ったと思わせたかったんだね、その男たちは」

「え？」

才がさらりと告げた言葉を聞き、貴島は思わず声を漏らしていた。

「どうしたの？」

呆然としているのが不思議だったのか、才が目を見開き問い掛けてくる。

「男たちは現実にいたんでしょうか」

「もっと自分に自信を持つといいよ。君の『妄想』であるのなら、小説に書いたとおりに目隠しもしないだろうし、猿轡も用意しないだろう」

さも当然のことのように告げられ、貴島は安堵するより前に混乱してしまっていた。

「でも……公園が思いの外明るかったから、目隠しを思いついたのかもしれません」

「猿轡は？　小説では書いていないんだろう？」

「書いていません……が……」

才の指摘で、改めてそのことに気づいたが、とはいえ自分の妄想ではないという確信を未だ貴島は持てずにいた。

「でも、それならなぜ、どこにも発表していない小説の原稿どおりの出来事が起こるんでしょう？」

「君に不思議な力がある……というわけではないと思うけれどね」

ふふ、と才が笑ってそう告げたあとに、

「ああ、ごめん。君にしてみたら笑い事ではないよね」

と真面目な顔になる。

「とにかく、君は別に、妄想と現実をごっちゃになどしていないから安心していい。第一、君はアイマスクを買ってないよね？」

「それも……自信がないんです」

買った記憶はない。しかし『買ってない』とは断言できない。レシートの店の名前に記憶はなかったが、店の住所は渋谷になっていた。前回、この家を訪れたあとに買ったが、酔って覚えていないだけかもしれない。

「相当重症なようだね。気持ちはわからないでもないけれども」

才が困ったな、というように肩を竦める。

「自分の行動に自信がないのなら、当分は家から出ないでいたらどうかな？　その上で監視カメラを部屋全体が見渡せる場所に設置する。録画できるタイプにしてね。暫《しばら》く自分を監視してみたらどうだい？」

「自分を監視、ですか？」

意外な提案に、貴島は戸惑いから声を上げた。

「ああ。よかったら貸してあげるよ。自分自身の目で見たら信じられるんじゃないかな？」

「……それはそうですが……」

確かに、監視カメラは妄想を映してはくれないので、現実か否か、それこそ自分の目で確かめられる。いいアイデアではあるが、カメラを借りるのはさすがに申し訳ないのでは。とはいえ自分で買うような金銭的な余裕はないのだが。

逡巡していた貴島に対し、才はどこまでも親切だった。

「放っておけないよ。公園で襲われたら普通は警察に行くだろうに、君はまるで思いついていない。痴漢だってそうだ。自分がどれだけ重症か、わかるだろう？」

「あ……」

確かに才の言うとおりだ。貴島は今更ながら、警察という選択肢をまったく思いつかなかったという事実に愕然としていた。

「そうと決まれば、愛君」

才が少し声を張ると、ドアが開き愛が相変わらず不機嫌そうに顔を出した。

「監視カメラですね。今、取ってきます」

「頼むよ。そうだ、君が設置してあげたらどうかな?」

「勘弁してください」

にこやかに声をかけた才に、にべもなくという表現がぴったりくるような冷たさで愛は答えると、すぐに部屋を出ていってしまった。

「彼、ＩＴ機器には強いんだ。プロ顔負けのいい仕事をするよ」

「いや、その、大丈夫です。自分で設置しますので……」

本人が『勘弁してください』と言っているのに、無理に頼むのは申し訳なさすぎる。カメラを借りるだけでも大概なのに、と固辞する貴島に、才がまた、にっこりと笑いかけてくる。

「自分に自信を持つんだ。君は妄想と現実をごっちゃになどしていない」

きっぱりした物言いに、貴島の胸に安堵感が広がってくる。やはり訪れてよかったと貴島はようやく微笑む気力を取り戻し、才に笑い返したのだったが、それがかりそめの安堵であったと数日後には思い知らされることになったのだった。

4

結局、書きかけの原稿を、貴島はボツにすることにした。続きを書こうとすると、どうしても公園での出来事を思い出してしまう。

実は貴島はそれが『出来事』であって『妄想』ではないという確信を、未だ持てずにいたのだった。才は『妄想のはずがない』と断言してくれたが、事実となると『小説に書いたことが現実になる』という謎に行き当たる。

事実と妄想がまざっているのではないか、というのが貴島の下した判断だった。たとえば男に囁かれた台詞。自分が書いた文章とまったく同じ台詞だった。そんなことが現実に起こるはずがないので、その部分は妄想ではないかと思われる。

となるとやはり自分の精神状態は正常であるとはいえないのではないか。そうしたことをぐるぐる考えてしまい、まったく進まなくなってしまったので、新しい展開を考えることにした。

公園で現れた人物は、同じように恋人と野外での行為をしようと目論《もくろ》んでいたカップルの片割れにした。人が来たことで怯《ひる》んだ男から日菜は逃れ帰宅する。

次に日菜が男に襲われる舞台を貴島は屋外ではなく自宅アパートに変更したのだった。というのも、貴島の部屋に監視カメラがセットされたからである。

才を訪れた翌日、本当に愛がカメラを設置しに来てくれたことに貴島は驚愕し、また、酷《ひど》く恐縮もした。

作業があるからだろう、愛はミニスカートではなく、白のツナギ姿だった。髪も後ろで一つに結んでいたこともあって、最初、誰が訪ねてきたのかわからなかったことも、『恐縮』の理由の一つだった。

才が言ったとおり、愛は実に身軽、そして実に器用だった。十分ほどでカメラを設置し、配線もしてくれたが、その間、一言も口をきかなかった。

監視カメラは死角がないよう、天井の隅、部屋の角の二箇所に設置された。愛は工具ばかりか脚立も持参しており、非常にてきぱきと作業を終えると、

「失礼します」

と一礼し、部屋を出ていこうとした。

「お疲れ様でした。よかったらお茶でも飲んでいきませんか？」

手伝うこともできなかったので、せめて、と貴島は愛に申し出たのだが、

「結構です」

と簡単に断られてしまった。

「あと、先生がこれを」

貴島に封筒を差し出し、彼がそれを受け取るとそのまま玄関のドアへと向かう。

「あの、ありがとうございました」

「………………」

愛はちらと貴島を見たあと、自分の設置したカメラを確認しようとしたのか、部屋を見渡してから会釈もせずそのまま立ち去っていった。

やはり本人、やりたくなかったのかもしれないなと、申し訳なく思いつつ、ドアを閉めて鍵をかけた貴島は、この封筒の中身は、と封をされていないそれを開けると、中に入っていた四つ折の紙片を開いてみた。

それは万年筆の青インクを用い、流麗な文字で書かれた手紙だった。才は何と言ってきたのかと内容を読んでいく。

監視カメラの録画は、才のところで行うが、プライバシーの侵害をするつもりはないので観ることはしない、観たい時間帯が生じた場合、連絡をくれればすぐにデータを送る。書いてあったのはそれだけだった。

手書きとは、パソコンなど使わないのかと思わせておいて、監視カメラの映像を遠隔録画した上でデータ化してくれるという。アンバランスだなと思いながらも、まずは礼の電話をせねば。ぼんやりはしていられないと才の家の電話にかけたが、留守番電話に繋《つな》がったため、お礼のメッセージを残して電話を切った。

そういったわけで、家の中であれば映像が残るという環境が整った。室内で起こったことなら現実か妄想か、はたまた二つが混合しているのか、あとから確かめることができる。それで貴島は小説の舞台を私室に変更したというわけだった。

見知らぬ男たちに襲われて、というシチュエーションを毎回入れることになっていた。自宅で見知らぬ男といえば来訪者――宅配便の配達員というアイデアは比較的すぐに浮かんだ。

宅配便と言われドアを開ける。相手は汗だくではあるが爽やかな青年にしたらどうだろう。学生バイトのような若者で愛想がいいため、日菜も気を許す。しかし次の瞬間、青年は野獣と化し、渡した荷物で両手が塞がっているのをいいことに、日菜を床に押し倒す。

日菜は起きぬけでブラを身につけていなかったことにしよう。抵抗しようとすると口を塞ぎ、乳房を摑《つか》む。

『欲しいんだろ。乳首がもう勃ってるじゃん』

部屋着の裾を捲り上げ、乳房を揉みしだく。汗のにおいに欲情を煽《あお》られ、抵抗がおざなりになったのを見越したように青年は日菜の部屋着のズボンを脱がせ、下半身を裸にすると四つん這いの格好をとらせる。

バックからすぐに挿入させるか。いや、それより恥部を指や舌で愛撫し、日菜に『ほしい』と言わせるか。

ずっと焦らし系が続いていたし、宅配便の配達員なら時間もないだろうし、挿入かな、と考えるも、ここでリアリティを気にするのも何か、と気づき、苦笑すると貴島は執筆にかかった。

その日は思いの外筆が乗り、気づくともう夜遅い時間になっていた。読み返して原稿をクラウドに保存してから、空腹に気づいて冷蔵庫を開けてみる。何も入っていないので買いに行こうかと思うも、外に出る勇気はなく、一つだけ残っていたカップラーメンで夕食をすませることにした。

と、スマートフォンの着信音が響いたため、画面を見る。かけてきたのが城崎とわかり、貴島は電話に出た。

「はい」

『貴島？　ゲラだけど、明日着で発送したから』

城崎の声はいつものように明るかった。

「ありがとう。締切が早いんだったよな、確か」

そんなことを言われていたと思い出し、告げた貴島に城崎が『そうなんだ』と少し申し訳なさそうな声を出す。

『連休があるからね。なんなら取りに行くから』

「多分大丈夫だと思う」

『でも、来月分の原稿もあるだろう？』

ちょうど締切が重なるかも、と、貴島はそれを案じてくれているようだった。

『進捗はどう？』

「あー、うん。頑張るよ」

書き直しているので、捗《はかど》っているとはとてもいえない状況ではあった。かなり大きな変更である上、城崎からは好感触を得ていたこともあって、先に変更を申告しようかと貴島は一瞬考えたのだが、城崎はどうやら多忙であるらしく、

『じゃ、頼んだよ』

と早々に電話を切ってしまい、結局、伝えそびれた。しかし反対されたら更に行き詰まることはわかっていたので、もう完成原稿を送ってしまおうと心を決め、カップラーメンを食べるためにお湯を沸かし始めたのだった。

その後も執筆をし、入浴をすませて布団に入ったのは午前三時を過ぎた頃だった。部屋の電気をすべて消し、仰向けに横たわると、部屋の隅の二箇所で赤いランプが小さく光っているのが見え、そうだ、監視カメラを設置したのだったと改めて思い出す。

それまで忘れていた自分をどうかとも思いつつ、入浴のあと裸で出てきたところも、こうして寝ている姿も録画されているのかと認識し、貴島はなんともいえない気持ちとなった。

才の『観ない』という言葉を信用していないわけではない。第一、才が自分の生活に興味

があるとも思えないのだが、それでもやはりカメラは気になる。いっそ、忘れていたらよかったのにと思いながらも、疲れていたこともあって貴島はそのまま眠りについた。

翌朝、彼を起こしたのはインターホンのチャイムの音だった。

「貴島さん、お届けものです」

ドアの外で男の声がする。そういえばゲラが届くと言われていた、と、貴島は思い出し、慌てて起き出すとドアへと向かった。

貴島に宅配便が届くのは、月に一、二度だった。城崎からゲラが届くか、または貴島の生活を心配している兄から日持ちのする食べ物が届くかなのだが、来る業者はいつも同じだった。

開いたドアの向こうには、見覚えのない、しかし制服と思しきシャツとズボンを身につけた若者が大きめのダンボール箱を手に立っていた。帽子を深く被っているので顔はよく見えない。

「印鑑かサイン、お願いします」

言いながら若者がダンボール箱を差し出してくる。受け取ると同時に若者は玄関へと踏み込んできたかと思うと、後ろ手でドアを閉めてしまった。

「え？」

何が起こっているのか、咄嗟《とっさ》にわからず戸惑うばかりだった貴島だが、いきなり若者に押し倒され、ぎょっとして悲鳴を上げようとした。と、若者の手が伸び、口を覆われる。その瞬間、貴島の脳裏に昨夜遅くまで書いていた小説の文章が蘇った。

若者の手が寝間着代わりに着ていたTシャツを捲り上げ、乳首を掌で擦り上げる。

「欲しいんだろ。乳首がもう勃ってるじゃん」

間違いなくその台詞は書いた。でもなぜこの男がそれを知っているのか。混乱しすぎて、思考がまったく回らない上、抵抗すら忘れているうちに、下に穿いていたスウェットパンツを下ろされ、下肢を裸に剝《む》かれる。そのままうつ伏せにされ、腰を上げさせられるまで、貴島はただ呆然としていた。

まさに——まさに自分が小説で書いたとおりのことが起ころうとしている。宅配便の配達員はこのあと、『日菜』のそこへと指を入れ、乳房を愛撫しながら散々焦《じ》らすのだ。

日菜が『ほしい』と自ら言い出すまで——。

「う……っ」

背後から体重をかけてきた宅配便の若者が、せわしなく貴島の胸を愛撫しながら雄を扱き上げてくる。

若者の汗のにおいが鼻腔《びこう》を刺激するのも、荒い息遣いが耳元で響くのも、貴島が小説で書いた描写どおりだった。

「やめ……っ」

『やめて』と日菜は身悶えるも、快感に溺れ込み、自然と腰を揺らしてしまう。

『欲しいって言えよ』

見た目は爽やかそうな青年だというのに、囁く言葉は下卑ていて、そこがまた日菜の劣情をそそるのである。

日菜は無意識のうちに振り返り、配達員の顔を見る。ニッと笑って寄越した青年の白い歯の清潔感に見惚《みと》れていると乳房を鷲掴《わしづか》みにされ、痛みすれすれの快感に高く喘ぐことになる。

『あぁっ』

まるで何かに操られているかのように、貴島も肩越しに男を振り返っていた。男がニッと笑う口もとから、白い歯が零れるのを見てショックを受ける。

やはりこれは自分の妄想の世界なのだ。だからこそ配達員は自分が小説に書いたとおりの動作をする。

「あぁっ」

乳首を強く摘まれる快感に、貴島の背は仰け反り、唇からは高い声が漏れていた。

『欲しいって言えよ』

頭の中で男の声が響く。

「欲しいって言えよ」

それと寸分違わぬ台詞が耳元で聞こえたと同時に、既に先走りの液が滲み始めていた雄の先端にも爪がめり込んできた。

「やぁ……っ」

ぞく、という快感が背筋を一気に駆け抜け、更に高い声が貴島の口から放たれる。胸を、雄を攻め立てる手の動きは止まらない。身体は既に熱くなり、肌には汗が滲んでいた。鼓動も高鳴り、息もまた上がっている。

「欲しいんだろ?」

その台詞もあった。欲しいか、欲しいだろう? と、何度も囁かれ、ついに日菜は頷いてしまうのだ。

『欲しいって言えよ』

頷くだけでは駄目だ。言葉で言うまではお預けだ。白い歯を見せ、笑いながら配達員はそう言い、日菜を焦らす。

『そんなに尻を突き出しておいて、今更恥ずかしいはないだろう』

蔑《さげす》むような配達員の言葉。ほらほら、と、指を奥まで突き立てられ、我慢できずに叫ぶ。

『ほしいの……っ』

自分と『日菜』がシンクロしているのがわかる。請われればおそらく、『ほしい』と叫んでしまうに違いない。

快感に身悶え、腰を揺する。きっと男は囁いてくる。

『欲しいって言えよ』

そうなったらもう、自分は――。

と、その瞬間、室内に携帯電話の着信音が鳴り響いた。

「……っ」

瞬時にして貴島は我に返った。と、貴島に覆い被さっていた配達員が身体を起こした気配がしたと同時に、ドアが開く音がし、反射的に貴島は背後を振り返った。

そのときにはもうドアは閉まっていて、誰の姿も見出《みいだ》すことはできなかった。が、駆け去っていく足音は確かに響いており、男が出ていったという事実を貴島に伝えていた。

電話の着信音は止《や》んでいる。貴島は脱がされていたスウェットの下と下着を上げながら身体を起こし、周囲を見渡した。

段ボール箱はある。しかし伝票のようなものは貼られておらず、中は空のようだった。

この箱があるから妄想ではない――はずである。しかしこの箱は果たして本当に配達員が持っていたものなのか。もとから家にあるものではないと断言できるか。

呆然としているうちに身体の熱は冷め、呼吸も整ってくる。

そうだ。電話。誰がかけてきたのか。現実逃避とわかりつつも、今の出来事が事実なのか妄想なのかを考えることを避け、貴島は机に置きっぱなしになっていたスマートフォンへと近づいていった。

着信履歴はあった。城崎からだ。留守番電話は入っていなかったので、取り敢えずかけてみることにした。

『あ、貴島、いたんだな』

城崎はすぐに応対に出た。

「ごめん、すぐに出られなくて。何か用だったのか？」

自分が普段の声を出せていることに、貴島は少なからず驚いていた。今、喋っていることは妄想ではなく現実だ。間違いないと確信できるのは、城崎という現実の相手と喋っているからだ。安堵から自然と強張った身体が解《ほぐ》れていく。

『用ってほどでもない。この間会ったとき、元気がなかったのが気になってね。気分転換にまた映画にでも行かないかと誘おうと思ったところに、ちょうど編集長に呼ばれたんだ。それで切ってしまった。かけ直してもらうことになって悪かったな』

「いや、大丈夫。映画か。行きたいけど、原稿が上がってからにしておくよ」

普通に笑えていることを確かめている時点で『普通』ではないのだが、そこには目を瞑《つむ》りながら貴島は城崎との通話を続けていた。

『わかった。原稿、楽しみにしているな。あまり無理するなよ』

「ありがとう。じゃ、また」

挨拶をし、電話を切ったと同時に、溜め息が込み上げてくる。

これが『現実』となると、今迄《まで》のあの、宅配便の配達員との時間は果たして『現実』だったのだろうか。それともやはり『妄想』なのだろうか。

『ほしい』

あのとき間違いなく、自分は叫びかけていた。そんな自分は余程欲求不満で、それゆえあもいやらしい妄想をしてしまったのではなかろうか。

ああ、と頭を抱えてしまいそうになっていた貴島だったが、そのときになってようやく、監視カメラの存在に気づいた。

「あ！」

そうだ。天井を見上げ、赤いランプが灯《とも》っていることを確かめると貴島は、握ったままになっていた電話へと視線を向け、アドレス帳から才の家の番号を呼び出しかけ始めた。

『はい』

応対に出た、愛想の欠片もない声は愛のものと思われる。

「あの！　貴島です。すみません、才さんはいらっしゃいますか？　あ、いや、その、監視カメラの録画を観たいのですが」

焦りすぎている自覚はあった。しかしそれは前回、愛が『お待ちください』と言ったまま相当待たせたからで、今同じことをされたら精神的に耐えられないと案じたためだった。

しかし愛のリアクションは前回とまるで同じだった。

『お待ちください』

そう言ったかと思うと、通話を保留にし、そのまま暫く貴島は放置されることとなった。耐えられないと案じていたが、ある意味予想どおりだったこともあって、思いの外、苛《いら》つかずに待つことができた。

保留音は、前回よりは相当短い時間で途切れたが、電話に出たのは才ではなく愛だった。

『ディスクに焼いてお待ちしているとのことです。すぐいらっしゃいますか?』

「え? あ、はい。これから行きます」

予定は執筆だけなので、いつでも行くことはできる。才も常に予定がないようだが、それが『世捨て人』ということなのか。兄曰《いわ》く、色々な人の相談に乗っているということだったが、自分が電話をかけるときには偶然、身体が空いているのだろうか。

疑問を覚えはしたが、会ってくれるのなら、と貴島は愛に礼を言って電話を切ると、まずはシャワーを浴びて仕度をしようと急いで浴室に向かったのだった。

前回も前々回も手ぶらで行った。しかし監視カメラを貸してもらっただけでなく、愛には設置までしてもらっている。

となるとやはり手ぶらは躊躇われるが、何を持っていったらいいかはわからない。酒や食べ物は相当値の張る物を普段から口にしているのではと思われる。

となると、自分が買えるような値段のものを持っていくのは逆に失礼にあたるのではないか。考えれば考えるほど、何が相応《ふさわ》しいのかわからなくなる。安価が当たり前で、他に選びようがないものはないかと、頭を捻《ひね》ったが、やはりいい考えは浮かばず、その日も結局手土産を持たずに松濤の才の家へと向かうことになった。

愛には、この間の礼もあるので、と、薔薇《ばら》を一輪、用意した。花が喜ばれるかはわからなかったが、なんとなく、赤い薔薇の花が似合う気がして、一輪を選んだ。本当は花束がよかったが、高くて手が出なかったし、一輪ならたとえ不満であってもそう邪魔にはなるまいと考えたのだった。

今日も玄関まで迎えに来てくれていた愛に貴島は、

「これを君に」

とラッピングされた薔薇を差し出した。

「は？」

愛の顔がこの上なく険しくなるのを見て、薔薇はまずかったのかと反省しつつも、気持ちだけは伝えようと必死で話しかける。

「こ、この間のお礼をしたくて、買ってきました。薔薇が嫌いだったらすみません！」

「礼など不要です。先生の言いつけに従っただけですので」

愛はつんとすましてそう言ったかと思うと、踵《きびす》を返し、先に立って歩き始めた。突き返してくることはなかったので、受け取ってもらえたのだろう。気に入ってはもらえていないようだがと残念に思いながら、貴島は彼のあとについて、前回と同じ応接室に向かっていった。

「おや、愛君、それは君に？　それとも僕に？」

部屋に入ると、才が満面の笑みで愛にそう声をかける。

「僕にです」

「す、すみません。才さんにもお礼をしたいのですが、何を買ったらいいのか皆目見当がつかなくて」

感謝の気持ちはあるのだ。そこはわかってほしいと、言い訳めいていることは承知で貴島がそう言うと、

「ほしいものは自分で買うし、気にしなくていいんだよ。夢を追う最中の君には金銭的余裕があるわけではないということはわかっているから」

才はにっこり笑って答え、さあ、どうぞ、とソファに座るよう示してきた。

「愛君、よかったね。綺麗な薔薇じゃないか」

「何を飲まれますか？」

愛は才の言葉には応えず、じろ、と彼を睨むと、吐き捨てるような口調で逆に問い掛けてきて、貴島の緊張を煽った。

いつも以上に機嫌が悪く見える。それが自分のせいだったらと思うと反省しかない。自然と俯いていた貴島の耳に、才の笑いを含んだ声が響く。

「そうだな。またシャンパンにしよう。それから例のもの、持ってきてくれるかな?」

「わかりました」

愛は一言だけ返事をすると、すぐに部屋を出ていった。

「相当喜んでいるよ。あれは」

「いや、それはないかと……」

才が笑顔で告げてきたが、笑顔だけに冗談だろうと察し、貴島は首を横に振った。

「監視カメラの設置をしてくれたお礼にと思ったんですが、何がいいかがさっぱりわからなくて」

「薔薇は愛君も好きだから大正解だよ」

「だといいんですが……」

きっとフォローに違いない。そう思いながら貴島が相槌《あいづち》を打ったところに、愛がシャンパンを注いだグラスを二つ盆に載せ、部屋に入ってきた。

二人の前にグラスを置いたあと、貴島のほうを見もせず退室していき、直後にノートパソコンを手に再び部屋にやってきた。

「どうぞ」

才にパソコンを渡すと、やはり貴島のほうを見ることなく部屋を出ていく。

「あれは照れているだけだから、気にしないようにね」

さあ、先に乾杯しよう、と才にグラスを差し出され、貴島もグラスを手に取った。

「乾杯」

「あ……乾杯」

何に、と問う前にグラスを合わせる。今日のシャンパンも美味しい、と、微笑みそうになったが、ここに来た目的を今更思い出し、それどころではなかった、とグラスを置いた。

「あの、才さん」

「録画を観たいと言っていたね。パソコンに、カメラを設置してから電話をもらうまでのデータを録画したディスクがもう入っている。ここで観るならそのまま観てくれていいよ。帰ってからがいいなら、ディスクケースを持ってきてもらうけど」

「……そう……ですね」

どうするか。迷ったのは一瞬だった。

「ここで観ていってもいいですか?」

現実だとしても妄想だとしても、その後のことをすぐに才に相談したい。そう考えたこともあって、貴島はここで観ることを選んだ。

とはいえ、内容が内容だけに、まずは自分がチェックしたいと言うと、才は、

「わかった。机の上にヘッドホンもあるから」

と、至れり尽くせりなことを告げ、グラスに口をつけた。と、愛がノックもなく入ってき

て、クーラーに入ったボトルを置いてまた去っていく。

才にはシャンパンを飲んでいてもらうことにして、貴島はパソコンを開くと、既に立ち上がっていた映像視聴ソフトで録画データを観始めた。

宅配便が来た時間まで早送りにした画面を見つめる。

「……っ」

宅配業者が来た。ドキ、と貴島の鼓動が高鳴る。普通の再生モードに戻した貴島の耳に、宅配業者の声が響く。

『印鑑かサイン、お願いします』

現実だった――宅配業者は実在していた。よく考えれば当たり前のことだというのに、貴島は今、相当ショックを受けていた。

箱を渡され、押し倒される。それもまた現実だった。画面の中では宅配業者が自分の下半身を裸に剝いた状態でうつ伏せにし、胸を、ペニスを愛撫している。

『やめ……っ……あぁ……っ』

喘ぐ自分の声に耳を塞ぎたい思いを抱いていた貴島の耳に、Ｂｌｕｅｔｏｏｔｈのヘッドホン越し、宅配業者の男の声が響く。

『欲しいって言えよ』

「……っ」

妄想ではない。紛《まご》うかたなく現実だ。貴島は呆然としたあまり、画面から視線を才に向けてしまっていた。

「どうしたの？」

グラスを傾けていた才が視線に気づき、にっこり微笑みかけてくる。

「現実でした！　俺が小説に書いたとおりのことが、現実に起こっていました！　まだ誰にも見せていないのに！」

そうだ。昨夜書いたばかりで、誰の目にも触れていないものなのに、なぜ、現実に起こり得るのか。悪夢を見ているようだ。

自然と貴島の首は横に振られていたが、対する才はどこまでもにこやかな笑顔で、そんな彼に向かい頷いてみせる。

「この世にはどれほど不思議なことであっても、必ず理由があるから。君にそれを教えてあげよう」

「……え……」

理由――不可思議としか思えないこの現象にも、彼は『理由』を与えてくれるという。

「お……お願いします。もう……もう、おかしくなりそうです」

本当に理由などあるのだろうか。彼は自分を納得させてくれるだろうか。望みを託したい。信じさせてほしい。

未だ、パソコンでは録画が流れ続けており、耳にはヘッドホン越しに己の喘ぐ声が響いている。それすら目にも耳にも入らないほど追い詰められていた貴島に対し、才は慈愛の笑みを浮かべながら、大丈夫、というように大きく頷いてみせたのだった。

5

「先生、お願い。助けて」

それまで張り詰めていたものがぷつりと途切れた。目の前の彼に縋り、懇願する。

「どう助ければいいのかな？」

出会ったばかりだというのに、精神科医という職業柄か、盲目的な信頼感が芽生えている。不思議だ。この人も男の人なのに。でももう、彼に頼るしかないのだ。そのくらい追い詰められていた。

「どうしたらいいのか……わからない」

問われて初めて、救いを求めながらにしてその術をまるで知らないことに気づかされ、呆然とその場に立ち尽くす。

と、そんな思いを見透かしたように彼がすっと手を差し伸べ、微笑みかけてくる。

「僕が教えてあげよう。さあ、おいで」

すらりとして背が高い先生。市井では滅多に見ないオールバック。艶やかな黒髪。凛々しい目元。黒曜石のような切れ長の瞳が美しい。

通った鼻筋。形のいい唇。なんて美しい顔だろう。救いを求めて来たはずなのに、気づいたときには彼に見惚れてしまっていた。

「さあ」

伸ばされた指先も美しい。ふらふらと導かれるがまま、彼の足下に跪《ひざまず》く。

「君はこれを求めているんだよ」

頭の上で彼の甘い声が響く。白い指先がスラックスのファスナーを下ろす、ジジ、という音を聞くだけでたまらない気持ちになった。

「ほら、ほしいでしょう？」

スマートな仕草で彼が取り出した、びくびくと脈打つその太さに、目が釘付けになる。

自然と喉から『ごくり』という嚥下《えんか》の音が響いていた。と、彼がふっと微笑んだかと思うと見下ろし、命じてくる。

「舐《な》めてごらん」

「はい、先生」

躊躇うことなく手で捧げ持ち、顔を近づける。

もう、硬くなってる。触れた指先に感じる熱さに、またもごくりと唾を飲み込んだ。

ぺろ、と先端を舐めてみる。苦いかも。でも、びく、と手の中で先生のペニスが震えたのを感じ、ますますたまらない気持ちになった。

「もっと、舐めて」

「はい、先生」

「優しく舐めるんだ」

「はい、先生」

「口の中に入れてごらん」

『はい、先生』

先生。先生。心の中で呼びかけるだけで、胸の奥が火傷《やけど》しそうに熱くなる。

ああ、この感覚。これがどんな感情から呼び起こされるものなのか、自分にはよくわかっていた。

先生が好き。

先生が喜ぶことならなんでもしたい。早く、命じてほしい。どんないやらしいことでも、先生のためだったらなんでもできる。

いやらしいこと――いやらしいことを、命令してくれればいいのに。

先生のものが口のなかでいっぱいになっているので、喋ることなんてできない。だから声には出せないのに、先生はお見通しだった。

「裸になってごらん。口は動かしたままでね」

はい、先生。

新しい命令に胸が躍る。ボタンを外す指が震えてしまうのは、先生の視線を感じるから。もっと、もっと見てほしい。さわってほしい。先生。お願い。触って。

顔を上げ、先生を見つめる。わかっている、というように頷く彼と目が合った瞬間、とてつもない恍惚《こうこつ》感に見舞われ、心の中で声にならない叫びを上げた。

※　※　※

いつも締切ギリギリに原稿を提出してくる貴島が、今回は二日も前に送ってきた。意外だなと思いながらメールに添付された原稿を読み始めたが、すぐに違和感を覚え、城崎は思わずスマートフォンを手に取っていた。

これはなんだ？　自分の知っている作品ではない。

一体どうした、と貴島の番号を呼び出したものの、かけるわけにはいかない、とすぐに思い留《とど》まり、スマートフォンをポケットに戻す。

自分が昨日まで読んでいたのは、まったく別の展開だった。『先生』など登場していなかったはずだ。

公園で茂みに連れ込まれ、第二の男が出てきた。その男との３Ｐという展開になっていたが、３Ｐはやめて舞台はアパートの部屋に移った。

宅配便の配達員に襲われる。その後、執筆が滞っているのを見守っていたが、今日、まるで読んだことのない原稿が送られてきて、城崎は愕然としたのだった。

しかしそれを、貴島本人に指摘できない理由が城崎にはあった。彼がメールで送られてくる前の貴島の原稿を読めることを、貴島は知らないからである。

貴島に、執筆中の原稿をクラウドサービスに保存するよう勧めたのは城崎だった。パソコンが故障したとき困らずにすむぞと言うと、貴島は素直に言うことを聞き、城崎も使っているのと同じサービスを使い始めた。

貴島はパソコン関係に弱かった。なので申し込み方から使い方まで教えたのだが、そのときに彼の設定したパスワードを城崎は知ることとなった。

メールアドレスとパスワードがわかれば、覗き見ることは容易《たやす》かった。当然、ログインごとに通知が行かないよう、設定を修正することも忘れなかった。

もし、見ていることがバレたとしても、進捗を知りたかった、担当編集としては当然のことだ、他の作家にも同じことをしていると言い張るつもりだったが、貴島が気づく気配はなかった。

城崎は暫く、提出された原稿を読んでいた。が、やがてパソコンを操作し、アプリケーションを立ち上げた。

彼が見ているのは、スマートフォンのＧＰＳを追うアプリだった。貴島に気づかれないよう、彼のスマートフォンに仕込んでいたのである。

ここ数日の彼の動きを追い、渋谷に行っていることを確認する。

「渋谷……」

行く場所について、まるで心当たりがない。首を傾げながらも、続いて城崎は、スマートフォンを取り上げ、あるアプリを立ち上げたのだが、それは密かに貴島の部屋に仕込んだ盗聴器の音声を録音したものだった。

同じアパート内に城崎は部屋を借り、そこで集音したものを自分のスマートフォンに送っていた。盗聴器にも気づかれる危険はまずないだろうと高をくくっていたが、万一、気づかれたとしても『知らない』で通せる自信があったし、通せなかったとしても、原稿の進捗が気になったからだと言えば納得してもらえると考えていた。

とはいえ、城崎が盗聴器を仕込んだり、クラウドサービスを盗み見たりするのは、何も原稿の進行状況を知りたいというような、仕事絡みの理由ではなかった。

早送りで再生しているうちに、数日前、誰かが貴島の家を訪れたことはわかった。が、会話がなさすぎて何があったのかわからない。ものの十分で帰っていったが、その間に交わされたのは挨拶と、それに貴島がお茶を勧めたのを『結構です』と断った言葉、それ以外にはただ一言、

『あと、先生がこれを』

これだけだった。

「『先生』か……」

録音を聞き直したあと、GPSを追うアプリを再び見やり、住所を絞る。渋谷区松濤、お屋敷街である。

三回、訪れていることを確認し、記憶を辿《たど》るも、松濤に住む貴島の知り合いについてまったく心当たりがなかった。

「あ」

と、ここで城崎の頭に閃《ひらめ》くものがあった。少し前に本人が言っていたではないか。

『兄貴から紹介された、兄貴の先輩……というか友達というか……』

なんでもできるがゆえに世捨て人となっている。その人物が『先生』なのではないだろうか。

日付をチェックし、最初に松濤を訪れた日が、その男の話を聞いた前日だと確かめる。

いきいきとした人物描写に、貴島の思い入れの強さが表れているように感じてしまう。まさか、と城崎は再び貴島が送ってきた原稿をパソコンの画面に表示し、読み始めた。

どういう人物なのだろう。次第に気になって仕方がなくなってくる。

よし、電話をしてみようと城崎はスマートフォンで貴島の番号を呼び出した。

『どうも』

すぐに応対に出た貴島に城崎は、

「原稿、読んだよ」

とまず感想から語ることにした。

「前に聞いた展開とは随分違うのでびっくりした。公園で現れた男の扱いも軽いし」

『変更してごめん。なんだか筆が進まなくなってしまって』

貴島の声に緊張が滲んでいるのを感じる。駄目出しを予測したのだろうとわかり、城崎は早々に用件を伝えることにした。

「いや、これはこれで面白いよ。特に『先生』のキャラがいい。もしかしてこのキャラ、前に貴島が言っていたお兄さんの友達をモデルにしたのかなと思ってさ」

『そうなんだ。よくわかったね』

電話の向こうで貴島が驚いた声を上げる。

「なんでもできる世捨て人と聞いたときには、なんでもできるのなら社会貢献すればいいのにと思ったけれども、貴島の小説を読んで俄然《がぜん》興味が湧いた。もしかしてその人物もカウンセラーだったりするのか？」

『どうだろう。医師免許は持っていると聞いたけれど……ああ、でも、あらゆる資格を取得しているとも聞いたから、カウンセラーの資格も持っているかも』

貴島が饒舌《じょうぜつ》にその人物のことを語るのを、城崎は複雑な気持ちで聞いていた。

やはり、相当気に入っているようである。そもそも気に入らなければモデルにはしないだろう。

となると。

「一回、会ってみたいな。その人に」

『え？　海斗が？』

電話の向こうで貴島が驚いた声を上げる。

「ああ。駄目かな？　勿論、お前が小説のモデルにしたことは伏せておくよ」

渋るようなら、名前だけでも聞き出せないか、粘ってみようと城崎は密かに心に決めていた。名前さえわかれば、ネットで調べることもできるだろう。そう考えたのである。

『海斗が興味を持つとは思わなかったな。しかも俺の小説を読んでだなんて』

やはり渋る気のようだ、と城崎は内心溜め息を漏らした。が、続く貴島の言葉は、彼の予測を裏切るものだった。

『会えばますます、興味が湧くと思うよ。いつがいい？』

「え？　いつって？　そんなに簡単に会えるのか？」

まさかの承諾に、城崎は思わずそう、問い返してしまった。

『ああ。「世捨て人」だから、いつ訪ねてくれてもいいと才さんには言われているんだ。なんでも相談に乗るからって』

また、貴島の声が明るくなったと、城崎は気づいた。

というのがその人物の名前らしい。名字だろうか。名前か、と覚えた疑問をすぐ、問うことにする。

「サイさん
『いや、名前だ。才能の『才』。名は体を表すというけれど、本当に才能溢《あふ》れる人なんだよ。名字は神様の『神』に野原の『野』で神野。神様、というのもぴったりだと思うんだ』

「絶賛だな」

揶揄《やゆ》しながらも、城崎は内心、憤りを感じていた。

『きっと海斗が会っても絶賛すると思うよ』

貴島の声がますます弾んでくるのに、相当面白くない気持ちを抱く。

『いつがいい？　明日にする？　明後日？』

しかも、城崎を連れていくことに対し、積極的になっている。早く自分と会わせたいというより、早く才に会いたいからでは、と、城崎は気づき、更に面白くなくなった。

「明後日《あさって》がいいかな。時間は……いつがいいのかな？」

『いつでもいいと言われると思うけど、海斗は夜のほうがいいかな？　ああ、そうだ。才さんの家に行くと、見たこともないような高価なシャンパンやワインを出してくれるんだ。別にそれを目当てに通っているわけじゃないけど』

『通っている』――短期間に三回の往訪というのは、確かに『通っている』といっていい頻度である。

「そうか、楽しみにしているよ。ああ、ワインやシャンパンをじゃないぜ」

冗談で返した城崎に貴島は、

『才さんに予定を聞いてまた電話をするよ』

と言ったかと思うと、早々に電話を切ってしまった。

「………」

やはり、相当思い入れを持ったようだ。不快さに眉を顰《ひそ》めた城崎の目に、開いたままになっていたパソコンの画面が飛び込んでくる。

『先生が好き』

『先生』のモデルは才という男だという。もしや貴島は、外見をモデルにしただけではなく、これと同じ体験をしたのでは？

己の思考に、頭にカッと血が上る。が、すぐに城崎は冷静さを取り戻すことができた。かつて貴島に言われた言葉を思い出したからだ。

『男同士は無理だ』

吐き捨てるような口調で告げられた言葉に、あのとき自分は心臓を射貫かれたような気持ちとなったのだった。

貴島にとっては同性との恋愛や性行為はあり得ないものであることを思い知らされた瞬間だった。『あり得ない』以上に嫌悪していると感じた。その彼が才という男に恋愛感情を抱くことも、小説に書いたような性行為をすることもあるはずがない。

理詰めで考え、安堵しようとした城崎の耳に、己の囁く声が響く。

以前の彼ならそうだったろうが、今の彼もそうだと断言できるのか？

「……くそ」

悪態をついた己の声に、城崎は我に返ると乱暴にパソコンを閉じ立ち上がった。ここが自宅でよかったと今更思いながらキッチンへと向かい、冷蔵庫から取り出した缶ビールを手に再びパソコン前へと戻る。

城崎が住んでいるのは、神保町のタワーマンションだった。賃貸ではなく分譲であるのは、両親が就職祝いということで職場に近いところに購入してくれたためである。

我ながら相当甘やかされているとは思うも、親の税金対策ということもわかっていたので遠慮なく住まわせてもらっている。

城崎の実家はいわゆる地主だった。都内に多くの土地と不動産を所有している。両親が住む世田谷の豪邸は二百坪と広大で、一人息子の彼は先祖代々続くその資産を相続することが約束されていた。

大学を卒業したあとには、特に就職する必要はなかったが、出版社を受けたのは、貴島に告げたような夢を抱いていたからではなかった。貴島の小説家になりたいという夢をサポートしたいと願ったからだが、入ったのが大手すぎて希望どおり小説の編集部に配属とはならず、遠回りをしてしまうことになったのを後悔していた。

再びパソコンを開くと城崎は、インターネットで『神野才』について検索をした。が、SNSは勿論、ネット記事も一つとして見つけることができなかった。

資格マニアであるのなら、その方面で検索にひっかかりそうなのに、不思議なほどにヒットしない。もしや検索避けでもしているのだろうか。それとも『資格マニア』というのが嘘なのだろうか。

『世捨て人』というのからして、胡散臭《うさん》いとは思ったのだった、と、ブラウザを閉じる。

松濤に住んでいるのは、親が裕福だということだろう。女装の美少年と共に住んでいるとは聞いたが、他に家族もいるのかもしれない。

親が裕福なだけのニートではないのか。金で釣ることができるかもしれないなと、城崎は一人頷いた。

事前にどんな人物か調べておきたかったが、焦らずとも明後日には会えるのだ。それまでに、と城崎は、貴島が小説を保存するクラウドサービスにアクセスし、ファイルをチェックした。

「あった」

送られてきたファイルと同じファイルが保存されている。これまでなかったのは、パソコン本体に間違えて保存していたのかもしれない。

更に新しいファイルが保存されていたので、城崎はいつものようにそのファイルを開いてみた。

『先生』と主人公、日菜との濡れ場が続いている。提出された原稿では、『先生』の家が舞台となっていたが、次回は日菜のアパートを『先生』が突然訪れて、という展開となっていた。

どんな恥ずかしい行為でも受け入れたい。最早《もはや》そこには恐怖に震える主人公はおらず、性の悦《よろこ》びを貪欲に享受しているという描写が続いていた。

先程の電話の様子でも、悩みなど少しもなさそうだった。思い起こしながら城崎は、自然と唇を噛んでいた。

いつ、打ち明けてくるだろうかと、周到な準備をしていたというのに、その気配もない。もしや貴島は才という男を頼ったのだろうか。そこで悩みが解決したと、そういうことなのだろうか。

『本当に才能溢れる人なんだよ』

手放しで絶賛していた。貴島と知り合ってかなり長いが、ああも他人を褒めたことがあっただろうか。

基本、貴島は人に対して興味が薄い。どちらかというと他人との間に壁を作るタイプである。友人の数も少なく、親友といえるのは自分くらいだという自負もあるだけに、才という男を語るときの声の弾み方が、やたらと気になってしまう。

まずはどんな男か見てやろう。今、貴島は相当弱っているので、たとえ張りぼてのような相手でも、それらしい言葉をかけられるうちにほだされてしまったのかもしれない。しまったな。舌打ちをし、画面を閉じる。救いの手を差し伸べるタイミングを見誤ったということか。その隙を才という男に突かれたと？

こうなったら才には――『先生』には下司《げす》な振る舞いをしてもらうしかない。本人に依頼できれば一番効果的だ。『世捨て人』で退屈を持て余しているような人間なら、そして親の財産を食い潰《つぶ》しているだけの男なら、金を積めば掌握できる気がする。

よし。一人頷き、缶ビールを呷《あお》る。すっかり温《ぬる》くなってしまったことにまたも舌打ちをする城崎の耳に、今聞いたばかりの明るい声音が蘇る。苛立ちが募ったこともあって、スマートフォンを取り上げ、貴島の部屋に設置した盗聴器経由で部屋の様子を聞くことにした。

アクセスした途端、貴島の声が聞こえてきて、城崎は少し焦った。盗聴しているときにも、貴島の声を聞けることは滅多になかったからだが、独り言というわけではなく、誰かと喋っている様子である。

聞こえる声は彼のものだけなので、どうやら電話をかけているらしい。察したと同時に城崎は、電話の相手にも当たりをつけていた。

『連日おしかけてしまって、すみません。でも才さんを是非、親友に紹介したいんです。ええ。親友です。もともと友達は少ないんですが、親友といえるのは彼くらいで……はい、今、担当編集をしてくれています。小説で食べていけるようになったのも、海斗の——城崎海斗というんですが、彼のおかげなんです』

話題がちょうど自分のこととは。いたたまれない思いを抱きつつも、嬉しさも感じていた城崎の頰には自然と笑みが浮かんでいた。

『才さんほどではないんですが、優秀な男なんです。なぜ友人でいてくれるのかと思うような』

しかしその言葉を聞き、早くもカチンとくる。

城崎は自分が愚鈍とは思ってはいない。自己評価としては、優秀の部類には入ると考えてはいたが、唯一無二とまではいかない自覚もあった。

卓越した能力——たとえば頭脳などの——の持ち主ではない。しかし、『才さんほどではない』という言葉は不快でしかなかった。

自分は医師免許は持っていない。しかし、医師になる気もないのになぜその男は医師免許など取得したのか。

ありとあらゆる資格を取ったというが、取るだけで使っていないのであれば、取る理由がわからない。

『世捨て人』ではなく、単に器用貧乏で、定職につく気力がないだけではないのか。そんな男に劣ると思われているのだとしたら、やはり不愉快である。

『……はい、それではまた明後日。待ち遠しいです。あ、そうだ。この間話した小説のこと。そうです。才さんをモデルにした原稿。あれ、無事に通りました。才さんのおかげです。お礼をしたいんですが……え？　ふふ。そんな』

なんて声だ。甘えているようじゃないか。

媚《こ》びすら感じさせる貴島の声音に、城崎はますます不快になった。人付き合いが苦手だという貴島がこんな声を出すなんて。今まで、貴島が人に甘えてみせるところなど、城崎は見たことがなかった。

一刻も早く、貴島から彼を引き離さねば。城崎が舌打ちした直後に、貴島が電話を切るようなことを言い始めた。

『そう言ってもらえると嬉しいです……はい。はい、行きます。本当にありがとうございます。才さんのおかげで今夜も眠れそうです……おやすみなさい、「先生」』

「……っ」

恥ずかしそうに『先生』と呼びかけた声を聞いた瞬間、城崎の苛立ちはピークに達した。スマートフォンを投げつけたくなる衝動を抑え込み、アプリを閉じる。

盗聴器だけでなく、監視カメラもつけておけばよかった。今、貴島はどんな顔をしているのだろう。

今すぐにでも貴島に電話をかけ、今の心情を問い質《ただ》したい。できないとわかっていながらにしてそう願わずにはいられないでいた城崎の耳には未だ、貴島が電話に向かって呼びかけていた『先生』という甘い声音が残っていた。

6

城崎《きのさき》が貴島《きじま》と共に、渋谷区松濤《しょうとう》にある神野才《じんのさい》の家を訪れたのは、往訪の申し入れをしたその翌々日の夕方のことだった。

手土産《てみやげ》は何がいいのかと貴島に相談すると、何を持っていっても気に入ってもらえる自信がないので手ぶらで行っていると聞いていた城崎は、自宅のワインセラーにあったワインの中で、値段も味も最高級と思われるものを一本選んで持っていくことにした。

貴島の家も裕福だったがゆえに、才の持て成す品が一級品とわかったのだろうが、今の彼には金銭的余裕がない。しかし城崎は充分余裕があるため、手土産持参にしたのだが、それが才への対抗意識の表れであることもまた、しっかり自覚していた。

『なんでもできる』と評されている彼と自分、肩を並べる自信はある。持っていないのは医師免許や、今の仕事に役に立たない資格くらいで、取得しようと思えば可能であるに違いない。

自分こそが貴島にとって『最も頼れる人間』であると、才にも、そして貴島本人にも知らしめてやる。

密《ひそ》かにそのような決意を固めていることなどおくびにも出さない自信もあった城崎は、待ち合わせた駅で貴島の到着を待ち、五分前に現れた彼と共に才の家へと向かったのだった。

「すごいな」

『お屋敷』とは聞いていたが、どこまでも外塀が続いている広大さに、まず城崎は圧倒された。続いて門を入り、二人を出迎えてくれた『美少女』にも目を奪われる。

「こちらです」

まったく愛想がないという話だったが、ミニスカート姿の美少女は城崎に対して、にっこりと微笑《ほほえ》んでみせた。横では貴島が呆気《あっけ》にとられた顔となっている。

「こちらよければ才先生に」

手土産を渡すと少女――ではなく少年は、ますます愛想がよくなった。

「先生もお喜びになると思います。ワインがお好きなので」

「それはよかった」

ハスキーな声音ではあるが、どこから見ても綺麗《きれい》でスタイルがいい少女にしか見えない。特に脚、とつい剝《む》き出しの脚へと視線を送ると、彼は少し擽《くすぐ》ったそうな顔で微笑み、

「どうぞ」

と前に立って歩き始めた。あとに続く城崎の横では、貴島がしきりと首を傾《かし》げている。

『感じのいい子じゃないか』

前を歩く少年に聞こえないよう、城崎が貴島に囁《ささや》くと、貴島は、うん、と頷《うなず》きつつも不可思議といった顔になっていた。

「先生、貴島さんがお友達を連れていらっしゃいました」

ノックをし、部屋の中に声をかけてから少年がドアを開く。

「やあ、いらっしゃい」

出迎えた才を見て城崎は、これは、と思わず息を呑みそうになり、慌てて堪《こら》えると笑顔を作った。

「はじめまして。お噂《うわさ》はかねがね。貴島の友人で城崎と申します。今日はお忙しい中、お時間を作ってくださりありがとうございます」

ビジネスライクすぎるかと思いながら、笑顔で挨拶をした城崎に、才が一歩歩み寄り、右手を差し出してきた。

「城崎海斗《かいと》君。靖彦《やすひこ》君には『海斗』と呼ばれているそうだね。僕も海斗君と呼んでいいかな？」

「ええ、勿論《もちろん》」

初対面で名前呼びということに違和感を覚えると同時に、既に貴島も『靖彦』と呼ばれていることに苛立《いらだ》ちを覚える。

城崎にも貴島を名前で呼びたい気持ちがあった。しかし学生時代からずっと名字呼びできていることもあって、変えられずにいたのだった。

城崎の『海斗』という名は呼びやすいのか、はたまた『キノサキ』が言いづらいのか、多くの友人は名前のほうを呼んでおり、貴島もまた『海斗』と呼びかけてくる。もっと早いタイミングで自分も名前呼びを定着させればよかったと、今更の後悔を馬鹿らしく思いながらも城崎は、

「では僕も『才さん』と呼ばせていただいてもいいですか？」

と、笑顔をキープしつつ、才に向かって問い掛けた。

「勿論だよ。ああ、紹介しよう。彼は僕の助手の愛《あい》君」

「愛君、よろしくね」

「よろしくお願いします」

愛もまた微笑むと、才に向かい手にしていたワインの入った袋を示してみせる。

「お土産をいただきました。先生、早速お飲みになりますか？」

「そうだな。海斗君、お持たせでもいいかな？　他に飲みたいものがあれば用意するよ。ああ、そうだ、最初はシャンパンにしようか。祝杯にはシャンパンが相応《ふさわ》しいし、靖彦君も好きだしね」

「才さん、僕はいいんです。それに祝杯って？」

貴島の口調がいつもより甘やかに感じるのは気のせいか。ますます苛立ちを覚えはしたが、顔に出すような城崎ではなかった。

「シャンパン、いいですね。僕も泡は好きです」

「よかった。祝杯は勿論、我々の出会いを祝してだよ」

「それは光栄です」

二人の会話にさりげなく割り込み、城崎は才と貴島、両方に笑顔を向けた。

「貴島から話を聞いてから、ずっとお会いしたいと思っていたんです」

「実は僕もなんだ。小説の編集者には一人も知り合いがいないもので、色々話を聞きたかったんだよ」

「あまり面白い話はできませんけど、なんなりとお聞きください」

「その前に乾杯しよう。愛君」

「はい、先生」

実に和やかに会話は進む。この空間が心地よいということかと貴島を見ると、ちょうど城崎を見ていたらしい彼としっかり目が合った。

「さすが海斗。僕は才さんと初対面のときにはまったく馴染《なじ》めなかったのに、もう旧知の仲みたいになっているなんて」

拗《す》ねているとしか思えない貴島の口調と態度を見ても、平静さを保てる自分を頼もしく思いながら城崎は、

「今馴染んでいるんだからいいじゃないか」

と、敢《あ》えて作った呆《あき》れた口調でそう言い、肩を竦《すく》めた。

「そうだよ。僕も靖彦君から海斗君の話を色々聞いているから、初対面という気がしないんだ。海斗君もそうなんじゃないか？」

「はい。まさにそのとおりです。貴島はあなたを絶賛していましたよ」

「はは。僕には君を絶賛していた」

「それは嬉《うれ》しいな、なんて言ってくれたんだい？」

実際、気になる。しかしそれを才に気取《けど》られるのは癪《しゃく》だ、と、笑顔を保ちながら城崎は、たいして興味などないというように話を貴島に振った。

と、貴島が答えようとしたタイミングで、いつの間に部屋を出たのか、愛がノックと共に登場する。

ワゴンに乗せたシャンパンクーラーとボトル、それにフルートグラスが三客。それを運んできた愛は、実に器用にシャンパンの栓を抜くと、三つのグラスに品良く注ぎ、まずは城崎に、そして貴島に、最後に才にと順番にグラスを手渡した。

「愛君は飲まないの？」

そのまま去ろうとする彼に声をかける。

「未成年なんです。残念ながら」

愛は本当に残念そうにそう言うと、

「失礼します」

と少ししょんぼりした様子で部屋を出ていった。

「愛君、未成年なんですか」

意外だった、と素で驚いたこともあって、城崎はそう才に確認を取ってしまった。

「十九才だ。間もなく二十歳《はたち》になる。早く一緒に飲みたいものだよね」

才はそう言うと、

「それじゃ、乾杯」

とグラスを捧げた。

「乾杯」

「乾杯」

城崎と貴島も唱和する。

「それにしても、愛君と会話が成立するなんて。羨《うらや》ましいよ、海斗」

貴島が恨みがましい目を向けてくる横で、才が楽しげに笑いながら口を開く。

「はは。靖彦君には愛君、まったく打ち解けていないからね。でもああも愛想がいいほうが珍しいんだ。気を落とすことはない」

ぽん、と才が貴島の肩を叩《たた》く。馴れ馴れしいんだよ、と心の中で悪態をついた城崎は、そろそろ才の化けの皮を剝いでやるかと問いを発した。

「ところで才さん、医師免許をお持ちだそうですね」

「ああ。大学には人より随分長い期間、通ったからね」

にこやかに返す才の言葉に被《かぶ》せるように、貴島が自慢げに話し出す。

「才さんは医師免許だけじゃなく、司法試験にもパスしているんだよ」

「司法試験ですか」

さすがに驚いたせいで、城崎の声は高くなった。

「大学三年のときに受かったんですよね」

我がことのように自慢をする貴島に、才が苦笑してみせる。

「結局法曹界には進んでないからね」

「なぜ進まなかったんです？」

資格マニアだという話を貴島から聞いたときには、取得するのにそう苦労しない資格を数多く取っているだけだろうと高をくくっていた。

医師免許と司法試験。両方持っていながらにして、医者にもなっていなければ、弁護士検事裁判官、どれにも食指が動かなかったという。

ならば一体なんのために試験を受けたのだと、城崎としてはごく真っ当な問いをしたつもりだったのだが、才は、

「進まなかった理由か。うーん」

と考え込んでしまった。

「興味が持てなかったから……かな」

「世捨て人のような生活をしていると聞きました。毎日何をしてらっしゃるんですか？」

「はは。僕が君にインタビューをしたかったんだけど、逆になってしまっているね」

才は苦笑したものの、城崎の問いには答えてくれた。

「毎日退屈を持て余している。それで悩み相談なんかにも乗るようになったんだよ」

「俺も今回、本当にお世話になったんだ」

貴島がそう言い、頼もしそうに才を見やる。

「へえ。何を相談したんだ？」

まさかとは思うが『小説に書いたことが現実になる』のを相談したのだろうか。そもそも城崎は貴島に、自分以外の相談相手がいるとはまったく想定していなかった。

だからこその『計画』だったわけだが、とんだ計算違いとなったということか。まずいなと思いつつも探りを入れた城崎の横で、貴島が恥ずかしそうな顔になる。

「詳しくは言えないんだけど、最近ちょっと悩んでいることがあって。それを相談したら即、解決法を教えてくれたんだよ」

「随分と素敵に書いてくれて嬉しかったよ」

貴島の説明を聞き、才が彼に対し、パチ、とウインクしてみせる。

「実物はもっと素敵なんですけどね」

「いや、充分だよ」

こういう状態を蚊帳《かや》の外というのだろう。実感しながらも城崎は、二人の会話から導き出した結論が間違いないか、頭の中で反芻《はんすう》していた。

おそらく――おそらく、貴島は才に喋《しゃべ》ったのだろう。書いた小説と同じことが起こる、と。

相談を受けた才の提案は、これもまた『おそらく』だが、自分をモデルに小説を書いたらどうだというものだったのではないか。

君が何を書こうが、僕はそのとおりの行動をとらない自信がある。小説に書いたことが現実に『起こらない』という状況を作ればいいのだ。才がそう言ったから今回、貴島は才をモデルにした『先生』を登場させたのではないだろうか。

予想外といおうか、想定外といおうか。貴島の身に起こったことは、城崎であれば到底他人には語れないものだった。男の痴漢に遭う、男たちに公園で犯されそうになる。ただでさえコミュニケーション能力に長けているとはいえない貴島である。他人に相談するなど不可能だろうと、城崎はそう思っていた。

実は貴島から相談を受けたときのシミュレーションも、城崎は完璧に頭の中で組み立てていた。

『小説に書いたことが現実になるなんて、普通に考えてあり得ない。すべてはお前の妄想だ。

官能小説を書いているうちにきっと、意識下で性的な願望を抱くようになったんじゃないか？　でも、自分が男に組み敷かれるという願望を抱いていることを世間にも自分にも認めたくなくて、心の奥底に押し込め、隠している。こじらせてしまった願望が妄想という形でお前の上に現れているんだよ』

『妄想と現実を混同しないようにするにはどうしたらいいかわかるか？　抑圧した願望を解き放てばいいんだ。よければ僕が手を貸そう。なに、お前とは古い付き合いだ。互いに恥ずかしいことはもうないじゃないか。貴島を助けてあげたいんだ』

貴島が普通の精神状態であれば、不自然な流れだと気づくだろうが、今の彼は『普通』でいられない状態に追い詰められているはずだった。

そんな彼が悩みを相談する相手は、唯一、自分だろうと城崎は確信していた。まさか、最近兄の紹介で会ったばかりの、この才という男を頼るとは、と、気づけば城崎は楽しげに会話を続ける二人に対し厳しい目を向けてしまっていたらしい。

「海斗君を放置してしまったね。悪かった。靖彦君さえよければ説明するけれども」

才が申し訳なさそうにそう言い、貴島を見やる。なんてことだ。ポーカーフェイスを崩さないことには絶対的な自信を持っていたというのに、表情に不快さが出てしまっていたとは、と、少々愕然《がくぜん》としつつ笑顔を作った城崎だったが、続く貴島の言葉を聞いた瞬間、笑みは頬の上で固まってしまった。

スマート ボーイズ
SMART BOYS
スマホアプ
演劇「ハイキ
「SK∞
待望の
★W新連載
センターカラー
三池ろむこ
吹山りこ
★大好評連載陣
テクノサマタ
縞ほっけ
星野リリィ
あずみ京平
葉芝真己
麻々原絵里依
カスカベアキラ
猫乃森シマ
秋葉東子
如月弘鷹
せら
平喜多ゆや
雪代鞠絵十緒花
四宮しの
★ショート
ナナキ シコ
ルチル アニバーサリー
応募者全員
サービス実施!!
ショーコ
ルチル
Boy's Cute and Sweet Magazine
Rutile
2022年
1月号
◎表紙
テクノサマタ
◎ピンナップ
hagi
定価800円
大好評発売中!!
◆奇数月22日発売◆隔月刊
(応募者負担あり)
表紙イラストQUOカード応募者全員サービス
最新情報はこちら➡
［ルチルポータルサイト］
https://rutile-official.jp
※表示の価格はすべて(本体価格+税10%)の価格です。

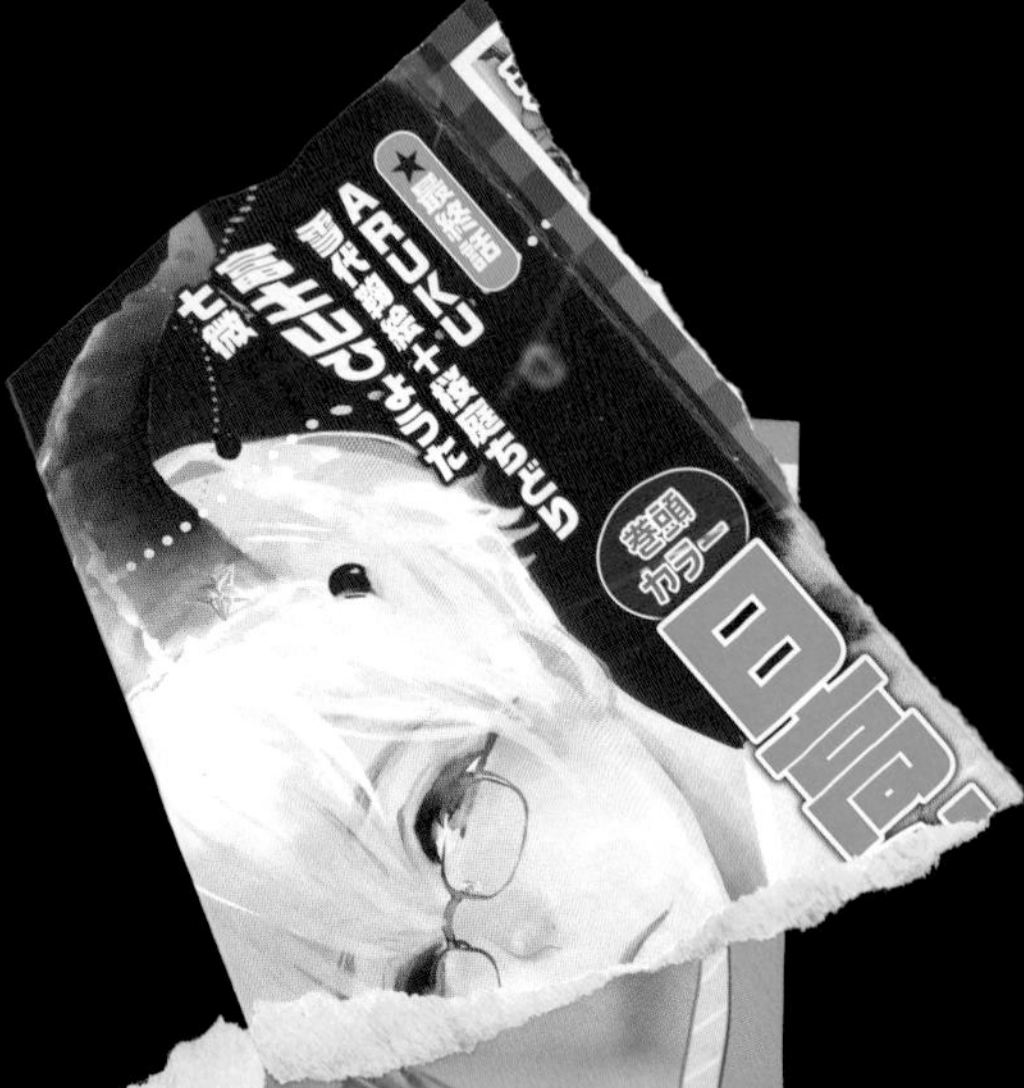
巻頭カラー

「いえ、ちょっと……あれは、先生限りということで……。他人には聞かせられません」

『他人』——血の繋《つな》がりがないという意味では、間違いなく『他人』ではある。頭ではそうわかっていても、貴島本人の口から自分を『他人』と聞くと、城崎はショックを覚えずにはいられなかった。

才には打ち明けた悩みを、自分には打ち明けるつもりがない——だと？

あり得ないことだった。貴島の性格上、秘匿したいに違いない性的な悩みである。自分以外には決して打ち明けられまいと思っていたというのに、いとも簡単に才に対してその悩みを相談している。

どうして才には打ち明けたのか。才が『なんでもできる』男だから？　具体的に彼は何ができるのか。松濤の豪邸に住み、日がな一日、何もせずに過ごしているだけではないのか。金銭的な理由で働く必要がないのであっても、多少の向上心があれば何もしないでいられるはずがないのだ。それをしていない才は、貴島の思うような『なんでもできるがゆえに何もしない』男ではなく、単なる怠け者に過ぎないのではないだろうか。

貴島は買い被っているのではないか。整った容姿も、年齢不詳な様子も、そして高価なシャンパンを振る舞ったり、優雅な仕草をしてみせたりするのはすべて、『らしく』見せるためのハッタリに違いない。

貴島は騙《だま》されているのだ。自分が必要以上に才に対して攻撃的な感情を抱いているのがわかる。実際、才はT大を卒業しており、医師免許や他の資格もなんの労もなく取得できるような優秀な男なのかもしれない。そうであったとしても、このまま貴島の傍《そば》に置いておくわけにはいかない。

さてどうやって引き剝がすか。歓談しながらも城崎はずっとそのことを考え続けていた。

一時間ほど、城崎は貴島と才の家で過ごしたあと、手洗いを借りたいと申し出た。

「案内させよう」

才がそう言うか言わないかのうちにドアが開き、愛がにこやかに部屋に入ってくる。

「お呼びですよね」

「愛君、やりすぎだよ」

才は苦笑していたが、愛はそんな才を無視すると真《ま》っ直《す》ぐに城崎へと近づいてきて、にこ、と微笑み口を開いた。

「ご案内します」

「ありがとうございます」

丁寧に礼を言われて嬉しかったのか、愛はまた笑顔になり、先に立って歩き出す。笑うと少し幼い印象を受ける。十代というのもわかるなと思いながら城崎は愛に続いて部屋を出て廊下を進んでいった。

「立派なお屋敷だね」

背中に声をかけると、愛は歩調を緩め、城崎と並んで歩き始めた。

「かなり古いし、無駄に広いんですよ。掃除が大変」

肩を竦めてみせた愛が、ここで悪戯《いたずら》っぽく笑う。

「トイレも遠いでしょう？」

「確かに遠いね」

「でももう着きます。ここです」

「ありがとう」

礼を言い、トイレに入る。が、用を足したいわけではなく、知り合いの劇団員にメールをするために入ったのだった。

スマートフォンを取り出し、考えていた文面を送る。そろそろここを辞すかと考えながらドアを開けた城崎は、廊下の壁に背を預け愛が立っていたことに驚き、思わず息を呑《の》んだ。

「待っててくれたの？」

そういうことだろうと、すぐに我に返って笑顔で問う。

「はい。迷子になったら大変だと思って」

愛はそう笑ったあとに、じっと城崎の目を見つめ問い掛けてきた。

「よかったら家の中、ご案内しましょうか？」

「いいのかな？　才さんに怒られない？」

意外な誘いに戸惑いを覚えた城崎だったが、もしや愛は自分との会話の時間を持ちたいのかと気づいた。

「怒られても平気です。行きましょう」

くすくす笑いながら愛が才と貴島のいる部屋とは反対方向へと向かい歩き出す。早足で追いつき、隣に並ぶと愛は、ちらと城崎を見上げたあと問いかけてきた。

「海斗さんは貴島さんと仲がいいんですか？」

唐突に貴島の名前を出されたのと、愛にも『海斗』と名を呼ばれたことに戸惑ったせいで、答えが一瞬遅れた。

「……付き合いが長いからね。今は一緒に仕事をしているし」

当たり障りのない答えを返した城崎の顔を、愛が尚も覗《のぞ》き込む。

「貴島さんって、綺麗ですよね」

「綺麗というのは君みたいな子を言うんじゃないか？」

なんだ、もしや張り合っているのか。まさか自分に気があるというわけではあるまい。さすがにそこまで自信家ではないと内心苦笑しつつ城崎は、それなら、と愛が喜ぶようなことを言ってやった。

「お口が上手《うま》いですね」

愛がじろ、と上目遣いに睨《にら》んでくる。城崎は十代の若者に興味などなかったが、これだけ

綺麗な子だとやはりドキリとする。一変し、焦りを感じつつも城崎は、

「本心だけどね」

と、この辺で会話を終わらせようとした。しかし愛はそうではなかったようで、

「海斗さんは貴島さんのこと、どう思ってるんですか？」

と話をしつこく戻そうとする。

「どうって……付き合いの長い友達だよ」

「それだけ？」

「それ以上に何が？」

「いえ。それならいいんです」

意味深に話を切り上げられると、気になってくる。一体彼は何が言いたいのだろう。皆目見当がつかないことに苛立ちを覚えはしたが、子供相手にむっとするのも大人気ないと表情に出さないよう心がけつつ、城崎は愛に笑顔を向け問いかけた。

「ええと、愛君、もしかして何か、言いたいことがあるのかな？」

だから家の中を案内すると言い出したのか。それとも単に気を引きたいだけか。後者だとしたら適当にいなして部屋に戻ろう。密かにそう考えていた城崎だったが、愛が言いづらそうに告げた言葉には衝撃を受け、らしくなく絶句してしまったのだった。

「貴島さん、うちの先生に気があるんじゃないかと思って……先生は来る者は拒まずの人だ

から、求められるとなし崩し的にお付き合いを始めてしまうんです。その……身体《からだ》の関係込みで」

「……っ」

思わず息を呑んでしまったが、城崎はすぐに我に返ることができた。

「先生の悪い癖なんです。本人に悪気がないだけになんとも……貴島さん、三日にあげずやってくるし、相当先生に傾倒しているんじゃないかと思うんですよね」

「貴島の恋愛対象は女性の筈《はず》だよ。大丈夫じゃないかな」

そう。彼にとって『男同士』はあり得ないものだった。それがわかっていたからこそ、諸やってきたわけで——と、それを思い出し、落ち着きを取り戻しつつあった城崎の前で、諸愛が憂鬱《ゆううつ》そうに溜《た》め息を漏らす。

「だといいんですけど。先生を眺める目がハートになってるように見えるので。お酒のおかわりを持って行くとき、毎回びくびくしているんです。『いたして』たらどうしようって」

「さすがにそれはないと思うよ」

笑い飛ばそうとしたが、城崎の目にも、貴島の才への視線はある種の熱を孕《はら》んでいるように見えた。

うっとりと見つめる、その視線の意味は——城崎の中に焦りが生まれる。

「それを聞いて安心しました。そうだ、ワインセラーに行ってみましょう。まだ飲みますよね？　海斗さんにワインを選んでいただきたいな」

明るい声で愛がそう言い、城崎の腕を取ろうとする。

「申し訳ないんだけど、急用ができてしまってね」

こうなったらのんびりはしていられない。すぐにも辞すことにしようと城崎は心の中でそう呟《つぶや》くと、表情では言葉と等しく、申し訳なさそうな様子を作り出した。

「会社から呼び出しがかかったんだ。なのでワインはまた今度」

「そうなんですか……残念です」

愛は本当に残念そうに見えた。やはり、自分に気があるのだろうかと一瞬、城崎は考えたがすぐ、自分の勘違いに気づき密かに苦笑した。

「先生も残念とおっしゃるんじゃないかな……」

ぽつりと愛が告げた言葉から、彼の興味が『先生』こと、才にのみ向かっているのがわかる。自分が帰り貴島が残れば、才と貴島の仲がますます親密になると、彼はそれを案じているのだろう。

自分としてもできればそれは避けたい。しかし貴島を連れて帰るそれらしい理由は一つも思いつかないので、諦めるしかなさそうだった。

「申し訳ないね」

謝罪をした城崎に対し、愛は何かを言いかけたが、すぐ、首を横に振ると笑顔となった。

「またお待ちしています」

「ああ。そうだ、愛君の好きなものを今度はお土産に持ってくるよ。何がいい？」

愛には好印象を持たれているようなので、そこは今後のためにキープしておこう。才と貴島の関係が密になるのを好まない者同士である。そう思い、城崎は愛に問いかけたのだが、

「いえ、そんな。お気遣いなく」

と愛は固辞しまくり、これと土産の品を指定してくることはなかった。

「お菓子は好き？　若い子はやっぱり肉かな？　料理は君がするの？」

「あの、本当に結構です。次も是非、先生にワインをお願いします」

そんな会話をしているうちに、二人は才と貴島のいる応接室へと到着した。

「先生、海斗さん、仕事で帰らなければならなくなったそうです」

城崎が告げるより前に、愛が残念そうな口調で才にそう言葉をかける。

「そうなの？」

「仕事って？」

才と貴島がほぼ同時に問い掛けてきたのに、城崎は、

「申し訳ありません」

と頭を下げた。

「編集長からメールで呼び出されたんです。お時間作っていただいたのに、本当に申し訳あ

りません。貴島、悪いな」

「気にしないでくれていいよ。また遊びにいらっしゃい」

鷹揚《おうよう》に微笑む才の横にいる貴島には、やはりといおうか『それなら自分も帰る』と言い出す気配はまるでなかった。

「それでは失礼します」

「気をつけて」

「玄関まで送るよ」

笑顔でそう告げる彼に城崎は「別にいいよ」といつものように笑ってみせると、

「ここで失礼しますね」

と、才に向かって再度頭を下げた。

「僕がお送りします」

すかさず愛が声をかけてくる。

「そうだね。愛君、送って差し上げて」

「悪いね、愛君」

見送りは不要なのだが、自分が出ていったあと施錠せねばならないのかもしれないと察し、愛の申し出は受けることにした。

「いいえ」

愛がにっこりと微笑み、首を横に振ってみせる。貴島がまじまじとその顔を見ている理由は少し気になったが、多分、自分には懐いていないのにということじゃないかと推察しつつ、城崎は応接室をあとにした。

「申し訳ないね」

先に立って歩く愛の背に謝罪する。

「いいえ。僕が送りたくてお送りしているだけなので」

お気遣いなく、と微笑む彼の笑顔は妖艶で、つい目を奪われそうになる。しかし気を散らしている場合じゃないと即座に自分を取り戻すと城崎は、

「それではまた」

と笑顔で挨拶をし、愛が開いてくれたドアから外に出た。すぐにスマートフォンをポケットから取り出しかけ始める。

「僕だ。やっぱりこれから打ち合わせたい。いつもの場所でいいかな？」

通話を短く終えると駅へと急ぐ。くっきりと眉間《みけん》に刻まれた縦皺《たてじわ》は城崎の苛立ちを物語っていたが、そんな彼の脳裏には今、才へと熱い視線を送る貴島の潤んだ瞳が浮かんでいた。

7

城崎が向かったのは四ッ谷にある、彼の父親が所有しているビルの地下室だった。

「お疲れ様です」

広々としたフロアは地下劇場となっていて、ある劇団が専用の劇場として使っている。黒字になることは滅多《めった》にないその劇団に対し城崎は金銭的な援助をここ数年行っており、ビルの地下を劇場として貸しているのもその一環だった。

挨拶をしてきたのは劇団代表の柏木《かしわぎ》という男だった。他には田中《たなか》、巻《まき》、小宮《こみや》という、いつものメンバーが揃《そろ》っている。全員長身でそこそこ顔の整っている彼らは、劇団の公演では主要な役を演じることが多い役者たちなのだった。

「急に集まってもらって悪いね」

「いえ。次の公演までまだ間があるので、暇にしてますから」

柏木が笑顔で城崎の気遣いを退ける。その腰の低さが、彼らが城崎に対して抱いている感謝の念を物語っていた。

「例の件、またお願いしたいんだ。報酬はいつもの倍、出すよ」

城崎がそう言うと、その場にいた皆は一瞬目を見交わしたあと、全員畏《かしこ》まった様子となり頭を下げた。

「承知しました。城崎さんからの『アルバイト』には我々、非常に助かってはいるのですが、その……」

柏木が言いづらそうに喋り出す。

「倍出すといっても、そう危険なことをお願いするわけじゃないよ」

城崎がそう言うと、皆、一様に安堵《あんど》した顔となった。

「よかったです。電車での痴漢行為や公園での行為は、善意の第三者から通報されるんじゃないかとひやひやしていたので」

「はは。大丈夫だよ。前にも言ったけれども、たとえ通報され、逮捕されたとしても僕が警察に事情を説明すると約束したじゃないか」

「それはそうなんですけど」

「なんだ、信用されてないな」

別にさほど不快に感じたわけではなかったが、敢えて少しむっとしたような口調を作って告げた城崎の言葉を聞き、その場にいた皆が焦った様子となった。

「そんなことはありません！　実際、ご本人からも通報されたことはありませんから」

「城崎さんの言葉は信用しています。疑ってなんていませんよ」

焦りまくる彼らは、城崎にヘソを曲げられるのを相当恐れているのが見てとれる。彼らに支払う報酬や、享受させている待遇の厚さゆえだろうとわかっていた城崎は、内心苦笑しつつ笑顔で皆の弁明を退けた。

「ありがとう。僕も君たちを信頼している。そうじゃなきゃ、あんなおかしなことを頼みはしないよ」

「最初聞いたときは、正直驚きました。なんていうか今まで聞いたことなかったし」

「そういう特殊なことを考える人が作家になるんでしょうね。さすがです」

「さすがといえば、実現させてあげる城崎さんもさすがですよ」

城崎の機嫌がよいことに安堵したらしい劇団員たちは、揃って迎合するような言葉を告げ始める。

「君たちの演技力の賜《たまもの》だよ」

実際のところ、彼らが自分の言葉を疑っているか否かの判断は微妙なところだと城崎は感じていた。というのも城崎は彼ら劇団員たちに、貴島が小説に書いたとおりのことを貴島本人に対し実行させていたのである。

彼らに対して城崎は、作家本人の希望と説明していた。その後の展開を考えるのに、自分でも体験してみたいということなので、原稿どおりにことを進めてほしいと依頼し、多額の報酬を支払っていた。

我ながら無理のある説明だとは思っている。しかし、信用されていないとしても、それを補って余りあるのがこの劇場であり、依頼ごとに支払っている高額な報酬であろうという判断のもと、城崎は彼らと接していた。

「ところで、次はどんな趣向なんです？」

柏木が用件に入ろうとする。いつもの倍の報酬と言ったために、何をさせられるのかと恐れているようだ。彼らがゲイではないことは確認済みだった。同性に性的興味を持つ人間は外すよう、柏木に厳命している。

「実は今回、ある人物になりきってほしいんだ。そうだな、柏木君が一番似ているかな」

「誰になりきるんです？」

「それはこれから説明するよ」

不安そうな顔になった柏木に、城崎は笑顔を向けた。

「写真があればいいんだが、ないので口頭で説明する。髪型はオールバック、服装は……そうだな」

自宅以外で会うとなると、彼は――才は何を着るのだろう。上質なスーツでいいだろうかと、その姿を想像し、いけるな、と一人頷いた。

「当日着用してもらうスーツはこちらで用意するよ。特徴を言う。声は低くてよく響く。そして物腰に品と知性が溢《あふ》れている」

「難しいですね……」

「代表、『品と知性』とは真逆の立ち位置ですからね」

小宮が茶化し、皆がどっと笑う。確かにその傾向はあるが、役者なのだから寄せることくらいできるだろうと、城崎はかまわず先を続けた。

「バリトンの美声という感じだ。ちょっと喋ってみてくれるかな?」

「はい……『こんな感じですか』?」

ふざけている場合ではないと察したらしく、場がしんとなる中、柏木が声のトーンを下げ確認を取ってくる。

「もう少し響かせる感じで。低さはそんなものかな」

「『こうですか?』」

「うん。あとは喋り方。ひょうひょうとしているんだ。誰に対してもフランクで。それから知性と品格」

「難しいですね……」

注文が多すぎたのか、柏木は困り切った顔になったが、すぐに『役作り』にかかったらしく、咳《せき》払いをしたあと口を開いた。

「『こんな感じでどうかな?　似ているかい?』」

「ああ。ぐっと近づいた。さすがだね」

売れていない劇団員ではあるが、さすが役者、ほぼ要望どおりに仕上げてくる。微調整はあとにすることにして、と、城崎は詳しいビジュアルイメージを説明し、柏木はメモを取りながらそれを聞いたあと、

「ちょっとメイクしてみます」

と鏡の前へと向かった。

「今回、出番は柏木さんだけですか？」

巻が城崎に問うてくる。

「そうだな。今回のところは……」

今、貴島が執筆中の原稿では、主人公と『先生』がただただセックスする場面に終始している。『先生』役を柏木に振ったとしてもその展開では『先生』に嫌悪感を抱かせることにはならないか、と城崎はそれに思い当たった。

どうすれば『先生』を避けるようになるだろう。原稿が現実となったというだけでは嫌悪までには至らないに違いない。

となると、『先生』に何かしらの仕打ちを受ける展開にする必要があるか、と咄嗟《とっさ》に思考を巡らせ、すぐ妙案を思いつく。

「いや、やはり総出演でいこう。今までの演出をすべてぶち込むよ」

「えっ。全部というのは？」

「どういうことですか？」

劇団員たちが訝《いぶか》しそうな顔で問い掛けてくる。

「電車の痴漢と公園の痴漢、それに宅配便の配達員。皆、『先生』の指示で彼を襲ったということにするのはどうか、提案してみようかと思ってね」

「なるほど」

「あ、でも、自分、痴漢と公園、両方やったんですが」

「あとで役を割り振ろう。脚本も書くよ」

「ありがとうございます！」

「よろしくお願いします！」

出演すれば報酬がもらえる。声を弾ませる劇団員たちを前に、やる気に溢れるのはいいが、と、城崎はいつもの『厳命事項』を伝えることにした。

「言わずもがなだが、やりすぎは厳禁だよ。間違えても触る以上の行為はしないように。特に宅配便の配達員に扮した田中君」

「あっ。すみません。そんなつもりは……」

この中では一番若い田中の顔色がさっと変わる。白い歯が印象的だったため、配達員の役を振ったのだが、貴島を触るだけでなく行為が進んでいきそうだったため、抑止のため貴島のスマートフォンを鳴らしたのだった。

「次は気をつけてね」

「勿論です。申し訳ありません」

役柄が変更にならなくてよかったと安堵しているのがわかる。貴島の書いた配達員のイメージそのものであるので変えたくはないものの、どうもやりすぎの感が否めない、と城崎は彼を睨んだ。

「す、すみません。本当にそんなつもりはないので……っ」

更に焦ってみせるのを前に、このくらい脅せば間違いを犯すまいと城崎は内心ひとりごちると、視線を彼から逸《そ》らし口を開いた。

「今回は難易度がかなり高いけれども、その分、報酬も弾むから。実践はそうだな。脚本は今日中に送るので三日後に。柏木君、どう？　ビジュアル、できた？」

「はい。これではどうです？　じゃない、『これでどうかな？』」

メイクを終えた柏木が、鏡の前から城崎へと近づいてくる。

「さすがだ。うん、いいね」

特徴を語ったとはいえ、ここまでの完成度で仕上げてくるとは。才を彷彿《ほうふつ》とさせる姿となっている柏木を見やり、城崎は満足して頷いた。

明るい場所で見れば勿論、別人ということはわかる。あとは声をもう少し似せれば、才と思い込ませることは充分可能だろう。

そうだ。貴島には酒を飲ませておこう。酔って帰ったところを才に襲わせる。暗い部屋の中、両手の自由を奪い、背後から襲わせれば動揺もするだろうし、別人と気づくことはないのではないか。

その上で、宅配便の配達員や、公園や電車内での痴漢行為を働いた男たちを複数、登場させる。彼らに才の名を呼ばせるのが効果的だろう。

すべては才が仕組んだことのように貴島に思わせた上で、退場させる。

『君はこうなることを望んでいたんだね。わかっていたよ、靖彦君』

いやらしい子だ、といったような台詞《せりふ》のあと『また遊びにいらっしゃい。今度は家で可愛《かわい》がってあげる。君が書いたとおりにね』と、貴島が恐れるに違いない言葉を言わせよう。

才に救いを求めても無駄だと思い知らせるのだ。小説の世界が現実になることを、才には止めることができない。追い詰められた彼は今度こそ、自分を頼るに違いない。そこで理路整然と解決策を示すのだ。

妄想を現実のものにすればいい。その手助けを僕がしよう、と。

この役割こそ、才に奪われるわけにはいかない。慎重に計画を立てる必要がある。城崎は一人頷くと、柏木をはじめ劇団員たちに対し、

「また連絡をするから」

と告げたあとに、財布から一万円札を数枚出して柏木に手渡した。

「忙しいところ集まってもらって悪かった。これで酒でも飲んでくれ。勿論、報酬とは別だよ」

「ありがとうございます、城崎さん」

「ご馳走《ちそう》になります」

柏木らが嬉しげな顔になり、「次も頑張ります」と明るく声をかけてくるのに笑顔を返すと、城崎は一人地下劇場をあとにした。

帰宅し、すぐに脚本を書いて柏木に送ると、そろそろ貴島は帰宅しているだろうかと気になり、仕掛けた盗聴器の音声を聞くためアプリを立ち上げた。

無音ではあるが、就寝しているのかもしれない。電話をかけてみようかと時計を見やり、零時前だったので貴島の番号を呼び出す。

しかし彼は出ず、留守番電話に繋がったため、城崎は、先に帰ることになって悪かったと謝罪のメッセージを入れ、電話を切った。

なんとなく嫌な予感がし、貴島のスマートフォンの位置情報を確認した城崎は、彼がまだ松濤にいることを知り愕然とした。

まさか泊まる気なのか？　就寝していないのならなぜ電話に出ない？　話に夢中になって電話に気づかないのか？　それとも酔って寝てしまったとか？

才の家に泊まる気なのだろうか。憤りと焦りを感じていたこともあって、城崎はもう一度電話をかけてみたが、またも留守番電話に繋がったので、電話を切った。

もう一度、とかけかけるも、なぜそうも電話をしてきたのだと不審に思われると気づき思い留まる。

落ち着け。才の家には愛もいる。たとえ泊まることになったとしても、未成年の同居人がいるのだ。さすがに行為に及んだりはしないだろうと自分に言い聞かせたが、その愛から聞いた言葉を思い出し、ますます落ち着かない気持ちになる。

『お酒のおかわりを持って行くとき、毎回びくびくしているんです。「いたして」たらどうしようって』

あの言いようだと彼は今までに、才が『いたして』いた場面に遭遇したことがありそうだった。教育上悪いとは思わないのかと、ますます憤りを覚えるも、だからといって才の家をこれから訪問することなどできようはずもない。

そもそも貴島の恋愛対象は同性ではない。それを忘れてどうする、と城崎は己を叱咤《しった》した。

『男同士は無理だ』

あの言葉は彼の本心から出たものだと、表情を見ればすぐにわかった。この上なく嫌悪が表れていたではないか。

才に対して抱いているのは信頼感であり、彼に依存しているといっていい状態ではあろうが、決して恋愛ではない。才は『来る者は拒まず』ということだったので、彼のほうから手を出すことはないと自分を納得させるしかない。

苛立ちは最高潮に達してはいたが、城崎は思考をなんとか気力で仕事のことへと切り換えた。

貴島の希望は官能小説家になることではない。ミステリー小説を書くことだった。しかしその道は開けていない。官能小説家として名を売ったあとにミステリー作家に転身、という道もないではないが、ジャンルが違いすぎる上に『名を売る』のが容易《たやす》いことではないので、あまり現実的な方法とはいえなかった。

生活費を稼ぐためのアルバイトで疲弊していく彼を救ってやりたかった。自分にもっと財力や権力があれば、ミステリー小説を書かせてあげられるのだが、と城崎はやりきれなさから溜《た》め息を漏らした。

ミステリー系の小説の編集者にも色々話を聞いているが、なかなか狭き門だという。育ててやってもらえないかとお願いしたが、余裕がないと断られてしまっていた。

なら自分がその部署に異動し、貴島のデビューを目指すしかないと、根回しは続けているがなかなか実現しない。そのときまでにミステリー小説の編集者として必要なスキルを身につけておこうと、寝る間も惜しんで本を読み、人脈作りにも尽力していた。

すべては貴島のために——貴島の夢は城崎の夢でもあった。彼が夢を実現させる姿を横で見ていたい。彼の夢の実現のために手を貸したい。二人でその夢をかなえたい。

その願いの根底にあるのは言うまでもなく、貴島への愛だった。

決して報われない愛。告白する勇気を打ち砕いた彼の言葉が、城崎の耳に蘇《よみがえ》る。

『男同士は無理だ』

あれは牽制《けんせい》だったのだろうか。いや、違う。貴島はそんな小細工をする男ではない。もし、貴島が自分を想う気持ちに気づいていたとしたら、あのように遠回しに相手を傷つけるような言葉を口にするはずがなかった。

優しい男なのだ。その優しさゆえ、彼自身が傷ついてしまわないかと心配になるほどに。心配から常に彼を庇《かば》い、困難にぶつかったときには倒れぬよう、友情の名の下に手を差し伸べてきた。

貴島に対し、手を差し伸べるのは自分だけでいい。貴島が取る手は自分の手のみでいいのだ。

才などに奪われるものか。いつしか唇を噛《か》んでいたことに城崎は気づくと同時に、思考がまた才と貴島の関係へと戻ってしまっていることにも気づき、やれやれと溜め息を漏らした。

今日は眠れる気がしない。早く夜が明けてほしい。朝になったら貴島に電話をしてみよう。アパートに帰ったことを一刻も早く確認したいものだ。

苛つく気持ちを持て余しながらベッドに入るも、予想どおり少しも睡魔は訪れてくることなく、何度も寝返りを打つだけの夜を城崎は過ごすこととなったのだった。

翌朝、城崎は貴島の位置情報を確認しようとアプリを立ち上げたが、不明という結果となり愕然とした。

不明というのはどういうことなのか。スマートフォンの電源を切っているのか。それとももしや、アプリに気づいて消去されたのか。

今まで気づかれなかったというのに、と首を傾げた城崎の脳裏に、ぱっと才の顔が浮かんだ。

もしや才が見抜いた——とか？　それでアプリを削除させた？

自分が仕込んだことも見抜かれていたりして——焦燥感が城崎の胸に込み上げてくる。

それならと盗聴器からの音を聞こうとしたが、なんの音も拾えない。まさか盗聴器まで見抜かれたのだろうか。青ざめながらも城崎は確認の術《すべ》を持たず、そのまま出社したのだった。

心に心配事を抱えている日に限って、出社後もトラブルに見舞われ、対応に追われているうちに夜も遅くなった。

ようやく一区切りがついたところで、リフレッシュコーナーに移動し貴島に電話を入れてみるも、やはり留守番電話につながり彼が応対に出ることはなかった。

一体何をしているのか。いっそアパートまで行ってみようかと思っていたところ、城崎のスマートフォンに着信があった。誰だと画面を見るも見知らぬ番号で、訝りながらも彼は電話に出た。

「はい」

『あ、海斗？　貴島だけど』

「どうした？　ずっと電話してたんだぞ」

思わず城崎の声が高くなる。それだけ案じていたからなのだが、よほどの剣幕だったのか貴島に戸惑ったように返され、城崎は我に返ることができたのだった。

『ごめん……何か急用でもあったのか？』

「ああ、いや、そういうわけではないんだ」

危ない。普通に考えて、急用がない限りは何度も電話などしないだろう。慌てていることをおくびにも出さず、城崎は、らしい理由をすぐに考えるとそれを伝え始めた。

「昨夜は途中で失礼してしまったし、申し訳なかったと留守電を入れたのに無反応だったから、何かあったのかと心配になっただけなんだ。貴島、いつも義理堅く折り返しかけてくれるだろう？」

『そうだったんだ。いや、それが実はスマホをどこかで落としたみたいで……それで今日、新しく契約し直したんだ。ずっと格安のにしたかったからちょうどよかったなと思って』

「番号も変えたんだ？」

『そのほうが手続きが簡単だったから。前のは解約することにしたよ』

そういうことだったのかと城崎は安堵したものの、もしやスマートフォンは才の家にあるのではと気づいた。

昨夜、遅い時間までは間違いなく松濤でGPSが辿《たど》れた。しかしそれを明かすことはできないと思いつつ、話題を昨夜のことへと振ってみる。

「昨日は途中で悪かった。貴島は遅くまでいたのか？」

『うん。飲み過ぎてしまって、泊まらせてもらったんだ。昼過ぎまでお世話になってしまった。愛君に睨まれちゃったよ』

「愛君に？」

睨まれた理由はまさか『いたして』いたからではないだろう。もしそうだとしたらこうも明るく話すはずがない。自分に言い聞かせていた城崎の耳に、弾んでいるといっていいくらいの明るさの貴島の声が響く。

『そうだ、海斗、愛君に相当気に入られていたよね。彼が笑っているところなんて初めて見たから本当にびっくりした。才さんも意外そうだったよ』

貴島の口から出る『才さん』という言葉に、苛立ちを覚える。口調に甘えが滲《にじ》んでいるように感じるからだが、本人はもしや自覚がないのかもしれない。

それだけ信頼しているということか。信頼だけだろうか。もやつく思いを押し殺し、城崎は会話を続けていた。

「気に入られたわけではないよ。愛君は才さんにしか興味ないだろう」

『そうかな。海斗のことばかり話していたよ。才さんとからかったら膨れちゃって大変だったんだよ』

さも楽しげに話す貴島に苛立ちが募る。

『才さんがね、俺の書いたミステリーを読んでみたいと言ってくれたんだ。才さん、ミステリーにも造詣が深いらしいよ。欠点を指摘してほしいと頼んだら、力になってくれるって。本当に頼もしいよ』

「そうか。よかったな」

その役目は僕のはずではなかったのか。

スマートフォンを握る城崎の指には気づかぬうちに力が籠《こ》もってしまっていた。

自分のアドバイスでは足りないというのか。担当編集としての役割も才に委ねたいと、貴島はそう願っているのか。

冗談じゃない。怒鳴りつけたくなる衝動を必死で押し隠し、相槌《あいづち》を打つ。

『愛君にも読むかと才さんが聞いたら、愛君には興味ないと言われてしまったよ。とことん俺は嫌われたみたいだ。海斗が羨ましいよ』

話題がまた愛へと戻る。別に愛にどう思われようと、彼には欠片《かけら》ほどの興味もない。愛も自分には興味などないだろうに、なぜ貴島は気づかないのか。

『愛君は才さんにぞっこんだからな。他に才さんに気がある相手を牽制しているだけだよ』

そう告げたら貴島はどう返してくるだろう。

『気があるわけじゃない。尊敬しているんだよ』

予想としてはそんなところだろうが、もし彼が絶句したり、しどろもどろに言い訳を始めたら冷静でいられる自信はない、と城崎は思い留《とど》まった。

「今度愛君に手土産でも持っていくといいよ。若い子が喜びそうなものを」

『なんだろう。相談に乗ってくれよ。海斗のほうがそういうことには詳しいよな。前はファッション誌の担当だったし』

ファッション誌は城崎の会社では『花形』といわれる部署だった。そこから官能小説の編集部への異動を申し出たとき、上司からは信じられないと呆れられたものである。

それもこれも、貴島のためだというのに。恨み言を言いたくなるのを堪《こら》えたが、そろそろ限界だと城崎は電話を切ることにした。

「そのうちにな。悪い、これからまだ仕事があって」

『あ、悪い。携帯を変えた連絡をしたかったんだ』

切るね、と通話を終えようとした貴島に城崎が問い掛けたのは、あることを思いついたからだった。

「もう、帰ってきたんだよな？　今は家か？」

柏木ら、劇団員たちには二日後の実行を命じていたが、今夜に変更できないかと城崎は交渉するつもりだった。

もう一刻たりとも猶予がない。貴島が才に頼ることがないよう、彼への信頼を潰《つぶ》しておかねば。

しかし貴島の答えを聞き、計画の実行は諦めざるを得なくなった。

『いや、実は兄貴からメールがあって。携帯が通じなかったからメールで連絡がきたんだけど、母親が入院したというので、今、実家に来てるんだ』

「お袋さんが？　大丈夫なのか？」

想定外の言葉に、城崎は驚き、問い掛けた。

『ああ。倒れたわけじゃなく、単なる検査入院だった。明日結果が出るけど、おそらく手術の必要はないだろうって。父親がちょうど留守にしていることもあって、明日、退院に付き添ってもらいたいと言われたので、実家に泊まることにしたんだ。懐かしいよ。学生時代に書いたネタ帳とかあって』

明るい口調であることから、心配ないとわかり安堵する。

「そうか。よかったよ。にしても実家に戻るのはもう数年ぶりだろう？」

『ああ。母は相変わらず辛辣《しんらつ》だったけど、自分の部屋がそのままになっているのには、なんだかじんとしてしまった。単に片付けるのが面倒だってことかもしれないけど』

実家との関係がよくないことは知っていたので、貴島が穏やかな心境でいることを城崎は我がことのように喜ばしく思った。

『あ、ごめん。忙しいのに。それじゃ、また。明日の夜には部屋に戻ってるよ』

「いや、大丈夫だ。それじゃあまた」

自分で『仕事がある』と言ってしまった手前、引き延ばすことはできず、城崎は後ろ髪引かれる思いで電話を切った。

やはり実行日は明後日《あさって》のままにしたほうがよさそうだ。明日退院のあと、実家に留まるかもしれないしと思いつつスマートフォンをポケットにしまった城崎の耳に、実家にいると語った貴島の明るい声が蘇る。

このあと貴島は、携帯の番号が変わったことを才に連絡するのだろうか。いや、もしかしたら自分より前に、才に連絡を入れているかもしれない。

腹立たしい、と自然と顔を顰《しか》めてしまっていたことに城崎は気づくことはなく厳しい表情のまま席に戻ったのだが、片づいたはずのトラブルが更なるトラブルに発展していたという展開が彼を待ち受けており、ますます彼の眉間の縦皺は深まることとなったのだった。

8

そういったわけで、結局その日は深夜残業をせざるを得なくなった城崎がタクシーで自宅へと戻ったのは、午前二時を回った頃だった。

疲れた身体をすぐにも休ませたかったが、習慣でパソコンを立ち上げた彼は、新着メールをチェックしたあと、貴島のクラウドサービスへとログインし、小説の進捗をチェックした。

「?」

今まで見たことのない名前のファイルが中にあったため、開いてみる。新作だろうか。しかし暫《しばら》くは『日菜』主人公でいくはずなのだがと訝りながらも何かアイデアが浮かんだのかもしれないと考え、城崎はそのファイルを読み始めた。

主人公の名前は『可菜《かな》』で、外資系企業に勤務するキャリアウーマンとなっていた。はっきりとものを言う性格で、何事にも流されがちな日菜とはキャラクターがまるで違う。

執筆に入る前に、内容については打ち合わせるはずが、なぜ、急にこのような新作を書き始めたのだろう。もしや他社からの依頼があったのかと思うも、それこそ自分に恩義を感じているであろう貴島が相談してこないはずはないか、と、城崎は首を傾げた。

ともかく、と先を読み進めていく。連載一回分くらいの量があったそれは、内容はミステリーではなく、貴島が城崎の雑誌で書いているような、男女間の性愛をテーマにしたエロティックな小説だった。

今まで、執筆内容が現実に我が身に起こったのを気に病み、内容変更となったことはあった。しかし、劇団員たちに依頼した『才』に非道なことをされるという仕掛けは、まだ実施されておらず、『先生』との場面や今後の展開を中断する理由はない。

もしや、『先生』というキャラクターとめくるめく悦楽の世界を描いたことで終わりとしたいのだろうか。才をモデルにした男とのハッピーエンドを考えているのだとしたら、正直面白くないのだが。

にしても、自分に一言くらいあってもいいようなものだが、と思いつつ読み進んでいくうちに、内容についても次々と疑問が浮かんできて、城崎はますます首を傾げることとなったのだった。

主人公は仕事ができる、いわゆるキャリアウーマンであり、『気が強い』と説明はされているものの、行動やリアクションは今の主人公とさほど差がない。しかも性的描写や、そのシチュエーションも、既視感があるとしかいえないものだった。

通勤途中、痴漢に遭遇する。反撃しようとしたが気づけば集団に囲まれ、逃げ場を失う。複数の男たちから悪戯《いたずら》され、性的興奮を覚えた主人公を男の一人が駅のトイレに誘う。

『次で降りてトイレに行こう。ここで最後までやったらさすがに捕まるからな』

そこで複数の男たちに犯されるも、悲惨な感じはなく本人も快楽の極みを体感する――という流れだが、これは既に今の主人公で書いたネタだった。

貴島は何を考えているのだろう。もしこれを新作として提出してきたら、リテイクを指示するしかない。今との違いは、男たちの言動がより下卑ていることくらいだった。

それに、と少し前に戻って読み返す。

主人公を気の強い設定にしたからか、痴漢行為に抵抗しようとする彼女に、痴漢の一人がナイフを突きつけ脅しているが、これは読者の拒否反応を呼びそうである。少なくともここは修正してもらわねばならないが、そもそも新作を書くのであれば、全く違う切り口のものを狙ったほうが飽きられずにすむだろう。

相談してくれればアドバイスもできるのだが、こうしてこっそり覗き見ている状態では指摘もできない。もどかしいことだと思いながら、城崎はファイルを閉じると、貴島の将来について考え始めた。

早く単行本を出したいことだろう。雑誌掲載作の評判はなかなかいいので、書籍化するのは可能ではないかと思う。

自分の本の出版は、貴島の夢である。是非実現させたい。とはいえ、官能小説家としてのデビューが彼の望みであるかどうかとなると、微妙なところだ。

この辺は本人に確認するしかないなと、城崎は思考を切り上げると、パソコンを閉じたあとには、精神的にも肉体的にも疲れていたこともあって、シャワーを浴びそのまま就寝したのだった。

翌日は午前中に会議が入っていたため、久々にラッシュアワーの電車に乗り出勤した。身動き一つ取れない時間帯になったなと、舌打ちしたい気持ちを堪え、車両が一刻も早く目的駅に到着するのを待つ。

異変に気づいたのは、二駅ほど過ぎたときだった。車両がよりすし詰め状態となったのを感じていた城崎は、自分の背後にぴたりと身体を寄せている男がいることに気づいた。

密着度合いを不自然に感じたが、相手も望んでのことではないだろうと余り深く考えはしなかった。次の駅に着けば、誰か降りるしまた乗っても来るので動きもあろう。それまでの辛抱だと不快さに耐えていた城崎だったが、直後にそれが勘違いであると思い知らされた。

「……っ」

あきらかに、尻を触ってきている。敢えて耳元に顔を寄せてくる息遣いからしても、相手は男のようだ。

この年になるまで城崎は痴漢に遭遇したことがなかった。身長も高く、腕力がありそうな外見をしているためだろう。まさか自分を痴漢しようとする男がいるとはと、嫌悪と共に驚きを感じつつ、貴島はまずは男に行為をやめさせようと、振り返って睨もうとした。が、身

動きが取れないため、顔を向けることも、また、男の手を振り払うこともできない。

よせと声を上げることも考えたが、自分が痴漢に遭っていることを周囲に知られたくないという気持ちが勝《まさ》った。

次の駅までの辛抱だ。周囲に空間ができたら即座に手を摑《つか》んでやめさせる。ただでさえ満員電車でストレスを溜めているところに何をしてくれるんだ、と憤りと尻を撫《な》でられる気持ち悪さを城崎は気力で抑え込んでいた。

そうこうしているうちに電車が次の駅に到着する。よし、と人の流れに少し逆らうようにして振り返り、男の手を摑もうとしたそのとき、まるで示し合わせたかのように周囲にいた男たちが皆して城崎へとぐっと身体を寄せてきたものだから、痴漢行為をしてきた男の手を摑むどころか、今まで以上に身動きが取れなくなってしまった。

何が起こっているのか、咄嗟の判断ができずにいるうちにドアが閉まり電車が動き出す。未《いま》だ男の手が尻にあることに苛立ち、羞恥よりも嫌悪と怒りが勝ったこともあって、城崎は『やめろ』と男を怒鳴りつけようとした。

と、その瞬間、胸に何か硬いものが押し当てられているのを感じ、視線を落とす。

「……っ」

向かい合う形となっている男の顔は背けられているため見えなかったが、その男が己の胸に押し当てているのがナイフの柄とわかり、城崎は思わず息を呑んだ。

刃は下に向けられているので柄を握る男の手が邪魔になりはっきりとは見えない。が、ナイフであることは間違いなさそうで、城崎が気づいたことを察したらしい男が更にぐっと拳を胸に押し当ててくる。

ナイフで脅されている。一体彼は誰なんだ。なぜ自分を脅す？　理由はさっぱりわからなかったが、声を上げる勇気はなかった。

その間にも、尻を触る手の動きはやまず、指先で後孔を抉《えぐ》ろうとすらしてくる。と、今度はどこからか伸びてきた別の手がスラックス越しに雄を握ってきたため、城崎はぎょっとしたせいで思わず声を上げそうになった。

と、鳩尾《みぞおち》にあるナイフを握った男の手が動き、更に強い力でナイフを押し当てられる。

まさか――？

ナイフを押し当てる男の横に立つ別の男の手が、ジャケットの間に滑り込み、城崎の胸を触り始める。雄を握った男の手の動きも止まらず、布越しに竿《さお》を握り、亀頭を指で擦《さす》り上げてくる。

ナイフで脅され、満員電車で痴漢行為を受け入れさせられる。まるで昨日読んだ貴島の小説のようじゃないか。

小説の中では主人公は男たちの手によって恐怖から次第に快感を覚えるようになる。しかし今、同じ目に遭っている城崎が覚えていたのは快感などではなく、恐怖そのものだった。

快楽など欠片ほども感じない。欲情が湧いてくることなどあり得ない。だが小説との間の矛盾や齟齬《そご》を冷静に捉えられるような余裕は城崎にあろうはずもなく、なんとか助けを求められないものかと必死で頭を絞る。

次の駅についたら無理矢理降りよう。それしかない。今、自分に痴漢行為をしかけてきている男たちがどこの誰であるのかも、そして仲間同士であるかの特定もできないが、突き止めようとは思わなかった。ただただこの状況から逃れたい。チャンスは電車が駅に到着し、ドアが開いたときだ。もうすぐ駅に到着するはずだ、と息を詰めていた城崎の耳に、ナイフを握る男が囁いてくる。

「次で降りてトイレに行こう。ここで最後までやったらさすがに捕まるからな」

「……っ」

この台詞を自分は知っている——。

大きすぎる衝撃を受け、今や城崎の頭の中は真っ白になってしまっていた。

同じ台詞を城崎は昨夜、読んだばかりだった。貴島が書いたその台詞をなぜ、この痴漢は口にするのか。

あり得ない。あり得るはずがないじゃないか。信じがたい思いにとらわれ、城崎はその場で固まってしまっていた。と、そのタイミングで電車がホームに滑り込む。

「行こう」

尻を掴むようにしながら、背後の男が囁く。今城崎は、自分が四人の男に意識的に囲まれていることに否応なく気づかされていた。

電車のスピードが落ち、間もなくドアが開く。男たちは城崎を囲んだまま、ドアへと向かおうとしている。

もしこのままトイレに連れ込まれたとしたら――城崎の頭に、貴島の小説の続きがまざまざと蘇る。

トイレの個室で主人公は下半身を裸に剥かれ、後ろから順番に犯される。声が漏れないよう口に自分のハンカチを詰められて。

と、誰かの手が伸びてきて、ジャケットのポケットを探る。その手が取り出したのが己のハンカチとわかった時点で城崎は悲鳴を上げそうになった。

何がなんでも逃げるしかない。ナイフで刺される可能性ありとわかってはいたが、大人しく男たちの言いなりになる気はなかった。

ドアが開き、乗客が外に出ようとする。

「すみません、降ります！」

よく大きな声が出せたと、自分自身に驚きながらも、城崎は声を上げることで周囲の注目を集めようとし、再び、

「降ります！」

と声を張ると、強引にドアへと向かっていった。男たちもまた車両を降りようとしているのを目の端で捉えながら、なんとかホームに降り立つと、ホームに溢れる人波をかき分けるようにして城崎は走り出した。

「痛っ」

「なにするの⁉」

突き飛ばす形となった通行人たちが非難の声を浴びせてくるのに、

「すみません！　申し訳ない！」

と謝罪の言葉を告げながら必死で駆ける。男たちが追ってきているのかどうか、振り返る余裕などなかったため、確かめることはできなかった。改札を出るとすぐに出口の階段を駆け上り、タクシー乗り場を目指す。運良く通りかかった空車を捕まえ、城崎は行き先として会社の名前を告げると、ようやく逃れることができたと実感したせいで、はあ、と大きな溜め息をついていた。

バックミラー越しに運転手から訝しげな視線を向けられていることに気づき、視線を己の服装へと向ける。シャツのボタンが外され、襟元が開きすぎていることに今更気づいて城崎は愕然となった。

いつの間にボタンを外されていたのか。しかし何より城崎を動揺させていたのは、今体験したことが現実だと思い知らされたことだった。

ポケットを探り、ハンカチがないことも確かめる。落ち着け。落ち着いて考えろ。ハンカチは出がけに本当にポケットに入れただろうか。シャツのボタンをとめ損ねていたことはないか。今体験したことは紛《まご》うかたなく現実だろうか。

身体にはしっかり、いやらしい手つきで触られた感覚は残っている。とはいえ、実際に自分が複数の男たちによる痴漢行為を受けたというのは、現実味がないように思えて仕方がない。

現実であったにしても、最後に囁かれたあの言葉は、幻聴としか思えない。貴島の小説の登場人物と同じ台詞を喋るなど、普通に考えてあり得ない。

いや待て。小説の台詞というほうが思い込みだったりして――?

夜中、確かに読んだ。しかし考えてみれば貴島が新作を書くなど不自然である。読んだと思い込んでいるだけではないのか。それか夢でも見たか。

集団の痴漢に遭うなど、現実離れした体験をしたので、混乱してしまったのかもしれない。あり得ないと思うがゆえに、小説に書いてあったことだと思い込んでしまった。

そうだ。あんなふうに、痴漢の集団に囲まれるなど、官能小説の場面でもあるまいし、と考えた。それが無意識のうちに『そんな小説を読んだ』という記憶を作り上げたのだ。

「お客さん、着きましたが」

運転手に声をかけられ、城崎は、はっと我に返った。

「あ、ああ。ありがとう」

スマートフォンで決済をし、車を降りる。思考の世界にはまりすぎて、到着にまったく気づいていなかったことに落ち込みながらも、仕事に集中せねばと己を律し、城崎は社屋に駆け込んだ。

余裕をもって家を出たため、会議に遅刻することはなかった。が、集中を心がけていても、痴漢に遭った——しかも複数人から、という体験により与えられた精神的ダメージは城崎自身が考えている以上に深刻だったようで、ふとしたときにその感覚を思い出し、ぞっとするということが何度もあった。

なんとか仕事をこなしたものの、その日の城崎は彼らしくないミスを連発し、上司の叱責と同僚の心配を買うこととなった。

ミスのリカバリーが必要だったこともあって、その日の帰宅も遅い時間となってしまった。地下鉄の駅に向かいかけたが、朝のことを思い出し、タクシーで帰ることにした。間もなく終電という時間だったので、混雑しているのではと案じたのだ。

会社の前にいつものようにつけていたタクシーに乗り、自宅の住所を告げると城崎は、車窓を流れる景色をぼんやり見ながら、一人、今日我が身に起こったことを考え始めた。

時間が経《た》つにつれ、朝の出来事に関しては現実味が薄れていった。本当に体験したのか。白昼夢でも見たのでは。または、願望——？

それだけはないと断言できるものの、夢でも思い込みでもないと断言はできず、本当に現実だったかと疑わしく感じ始めている自分自身に、城崎は戸惑いを覚えていた。

どこかで感じたことのあるこの困惑――なんだろう、と考えかけ、すぐに中断したのは、朝受けた痴漢行為が生々しい記憶として蘇ってきたためだった。

嫌悪と、そして恐怖。ナイフで脅された上で触られるなど、信じがたいとしかいいようがない。

あのまま、トイレに連れ込まれていたらどうなっていたか。命の危険もあったのではと今更のことに気づき、それに対しても愕然となる。

彼らはあのようなことを繰り返しているのだろうか。今後被害者が出ないよう、警察に通報するべきでは。頭ではそう思うものの、警察に行く勇気はどうしても出なかった。

まずは証拠がない。被害を受けたのが自分だと言ったときの警察官の意外そうな顔が容易に想像できる。

『官能小説じゃあるまいし』

苦笑される場面も浮かぶ。それらはすべて城崎の妄想であり、実際の警察官は親身になって話を聞いてくれるかもしれないのだが、やはり城崎は躊躇《ためら》っていた。

明日、匿名で通報しておこうか。悪戯と思われるかもしれないが、どう判断するかは警察の自由だ。『届け出た』という事実が残れば、自身を納得させることもできそうだ。タクシーの中でようやく決心を固めることができた城崎は、よし、と一人頷いた。

連日の深夜帰宅で疲れてはいたが、癖でダイニングテーブルにつくといつもそこに置いてある自宅用のパソコンを立ち上げる。シャワーを浴びてすぐ寝るつもりだったが、ふと、昨夜自分が読んだ貴島の新作は果たしてクラウドに保存されているだろうかという考えが頭に浮かんだ。

確かめてみたい衝動が城崎の中に湧き起こる。自分は確かに読んだ。その内容と、今朝体験したことに果たして本当に共通点はあるだろうか。

もし記憶どおりであった場合、なぜ共通するのかという疑問が生まれる。しかし確かめずにはいられない。

城崎は貴島のアカウントでクラウドサービスにログインした。昨日読んだファイルを探し、無事に見つけてまず安堵する。

ファイルを開き、自分が読んだとおりの内容であることを確かめる。『kana01』というファイル名のそれを閉じた城崎は、そのファイルのすぐ上に『kana02』というファイルがあることに気づいた。

保存された時間を見ると、今日の夕方になっているので、さっきは見逃していたようだと思いつつ、ファイルを開いてみる。

「…………」

ファイル名から推察できたが、書かれていたのは昨日の小説の続きだった。二回目の連載分のようである。

一日の仕事を終え、ハードワークに疲れて眠ったところ、深夜に目出し帽をかぶった若い男が三人、窓から忍び込んでくる。抵抗する間も無く縛り上げられ、悲鳴を上げようとするとスタンガンで気絶させられる。

目が覚めると全裸でベッドに寝かされており、同じく全裸になった男たちに身体を弄《まさぐ》られている。口にはガムテープが貼られていて悲鳴を上げることもできない。

と、男の一人が目出し帽を脱ぐ。端整な顔には見覚えがあり、隣に住む大学生とわかる。

大学生は主人公への恋心を切々と訴え、主人公は絆《ほだ》されかける。が、続く彼の言葉には愕然とさせられることになる。

大学生は主人公が電車で痴漢にあったあとに、複数の男たちにトイレで犯され、絶頂を何度も迎えさせられたことを知っていた。ストーカーよろしく毎日尾行していたため、ちょうどその場面にも遭遇したという。

『あなたは一人の男では満足できない淫乱だとわかったので、僕は信頼できる仲間を集めました。これからはこの三人であなたの欲望を満たします』

その言葉のあとに他の二人も目出し帽を脱ぎ捨てる。二人とも容姿の整ったガタイのいい青年で、主人公は胸の高鳴りを覚え、そんな自分に愕然となる。

淫乱なんかじゃない。勘違いだと主張したくても口を塞《ふさ》がれているので声には出せない。加えて青年たちに奉仕されるうちに、性的興奮が高まり、やはり自分は彼らの言うとおり、淫乱なのではないかと認めざるを得なくなる。

「………」

延々と続く濡れ場の途中で城崎は読むのをやめた。普通に考えて無理がある。大学生は本当に主人公を好きなのか。好きであれば独占したいと思うのではないか。複数の男たちに犯されているさまを陰から見ているだけというのも不自然である。

好きだが自分で抱くより、相手が性欲に溺《おぼ》れるさまを見るのを好むといった性癖にしたほうがよいのではないか。仲間二人に犯される主人公を見ながら自慰をする、とか。

そうだ、この大学生がすべてを仕組んだということにしてはどうか。電車の痴漢も彼が雇った。この先主人公は色々な場所で複数の男たちに襲われることになる。社内だったり野外だったり。それも彼が仕組んだことで、最後に『好きだ』と告白するといった流れにしたほうが、連載としても読者を楽しませることができるのではないか。

と、ここで城崎は、そういう展開にした場合、この大学生のしていることは、自分と同じになるなとふと気づいた。

提案をしたら、貴島に気づかれるのではないか。しかしそもそも、この原稿については未だ彼からなんの連絡もない。

そうだ。彼はもう、自宅に戻っただろうか。明日の夜が柏木ら劇団員たちに依頼した実行日となる。確認しておくかとスマートフォンを探そうと周囲を見渡し、そういえば帰宅時に充電が切れかけていたので、寝室の枕元の充電器に置いたことを思い出した。

取りにいくかと立ち上がったとき、ベランダに面した窓が突然開いたため、城崎はぎょっとしてその方を見た。

「な……」

次の瞬間、三人の目出し帽を被った男たちが次々と室内に入ってくる。咄嗟に何をすることもできず立ち尽くしてしまっていた城崎を男たちはあっという間に取り囲んだ。

窓の鍵は閉めてあったはずである。強盗だろうか。と、そのとき城崎の頭に、今読んだばかりの貴島の原稿が浮かんだ。

まさか。偶然だ。まずは落ち着くことだと、距離を詰めてくる男たちに向かい、口を開く。

「なんなんだ、君たちは」

と、目の前に立つ男が着ていた黒いジャンパーのポケットに手を突っ込んだかと思うと、何かを取り出しそれを城崎に示してみせた。

「……っ」

男の手にあったのはスタンガンだった。またも小説どおりの展開になろうとしているのか。まさか。あり得ないだろうと動揺していた城崎は、背後に立つ男たちに腕を取られ、ぎょっとして振り返ろうとした。

「大人しくしてください。お願いします」

スタンガンを持った男がそう言い、スイッチを入れる。白い火花が散る様と音にぎょっとし、そちらに視線を向けたときには、後ろ手に縛られてしまっていた。

「……金なら出す」

彼らの目的はなんなのか。金以外、思いつかない。否、金以外であってほしくないのだ。決して考えまいとしていても、今、城崎の脳裏には読んだばかりの貴島の小説の文章が巡っていた。

電車の痴漢同様、描写されたものとまるで同じことが起こっている。目出し帽を被った三人の若い男。手にはスタンガン。そして——小説の男と同じ、丁寧な口調。

「お金なんかいりません。僕は……」

男が喋り出す。思い詰めたような声音。続く言葉が小説と同じだったら——いや、そんなことはあり得ない。城崎の目の前で男が握るスタンガンに、また白い火花が散る。

「あなたは一人の男では満足できない淫乱だとわかったので、僕は信頼できる仲間を集めました」

「……っ」

嘘だ。今のは幻聴だ。城崎は今、恐怖のあまり叫び出しそうになっていた。と、背後にいた男の一人が前へと回る。彼の手にあったのはガムテープで、城崎の口を塞ごうというのか、今まさにテープを千切《ちぎ》ろうとしている。

「やめろっ」

抵抗しようにも、背後で縛られた腕を掴んでいる男の力は強く、振り払うことができない。そして目の前にはスタンガン。それでも叫ばずにいられなかった口はガムテープで塞がれる。

「……これからこの三人であなたの欲望を満たします」

言いながら男がスタンガンを近づけてくる。

「うーっ」

やめろ、と声にならない悲鳴を上げた城崎の頭には今、はっきりと小説の場面が浮かんでいた。

スタンガンで意識を奪われたあと、目覚めるとそこはベッドで、自分は全裸に剝かれ、彼らに嬲《なぶ》られる。

朝、痴漢に触られたときの気色の悪い感覚が肌に蘇り、吐きそうになる。執拗《しつよう》な愛撫《あいぶ》を受けたところで、小説の主人公のように快感など得られるものではなかった。ただただ恐怖と嫌悪に見舞われ、必死になって逃れたというのに、また同じ目に遭おうというのか。

いやだ。やめろ。なんとか彼らから逃れようと、背後の男を振り払い駆け出そうとした城崎の身体に、男がスタンガンを押し当てる。

「……っ」

物凄《ものすご》い衝撃を受けたと意識するより前に、城崎は気を失っていた。どさりと床に倒れ込む彼を、三人の男が見下ろしている。

彼らが目配せをし合い、城崎の身体を抱え上げる。そのまま寝室へと運ばれていく様子も、未だ開いたままになっていたパソコンの画面にある、貴島の書いた小説の描写、そのものだったが、意識のない彼がそれを確かめることなどできようはずもなかった。

9

「ほら、全然いやがってないじゃないじゃないですか。乳首が勃《た》ってる。吸ってほしいんですよね？」

「もう何回、いった？　いきっぱなしですよね」

「やっぱりあなた、淫乱だ。いい加減、認めたらどうです？　もっともっと、欲しいんでしょう？」

違う。違う。淫乱なんかじゃない。

蕩《とろ》けそうになっている身体は自分のものじゃない。こんな、こんな——気持ちよすぎて、頭がおかしくなりそうだなんて。あり得ない。自分のわけがない。

それなら——これは、誰、なのか。

喘《あえ》ぎまくるこの声。快楽に身悶《みもだ》える汗まみれの身体。脳まで沸騰しそうなほどの熱に浮かされ、何もかもがわからなくなっている。

「淫乱なひとだ」

違う。

「いやらしい、身体だ」

違う。

「あなたは僕らの奴隷。そして僕らはあなたの奴隷」

「命じて。何がしたい？　何が欲しいですか？」

「これが欲しいんでしょう？」

目の前に現れたそそり立つペニス。ドクドクと脈打ち、先端には透明な液が盛り上がっている。

「舐《な》めたいんでしょう？」

口に押し当てられ、胸の奥が熱くなる。

ほしい。舐めたい。口いっぱいに頬張り、滴る液を啜《すす》りたい。

違う。違う。違う。

欲しくなんてない。望んでなんていない。

「口、あけて」

ペニスが口にねじ込まれる。

「腰、あげて」

両脚を抱え上げられ、恥部を露わにされる。

「欲しいでしょう」

ほしい。違う。欲しくない。思い込ませないで。これは自分じゃない。自分が読んでいる——。

読んでいる、小説。

活字が頭の中に流れ込む。目の前にパソコンの画面が浮かぶ。なぜ。そこに自分の名が記されているのか。

「あ……」

ここは——小説の世界なのか。

『海斗さん。集中してください』

頬を軽く叩かれ、舌を動かすよう促される。

呼びかけられたその名。

海斗——？

身体が火照《ほて》り、息が乱れ、もどかしさに腰が揺れる。

この身体が——僕のものだと？

違う。違う。違う。僕じゃない。これは僕じゃない。

『海斗さん』

違う——！

※　※　※

「……っ」

心の底からぞっとし、城崎は目覚めた。意識が戻ったとほぼ同時に、意識を失う直前、スタンガンを押しつけられたときの衝撃を思い出す。

「わあっ」

今まで見ていた夢や、貴島の小説の内容、それに男たちに言われた台詞が一気に城崎の頭に押し寄せてきて、堪《たま》らず悲鳴を上げる。

室内は真っ暗で、他に誰がいるのかわからない。あの男たちはいるだろうか。そして自分の状態は？

服は着ているようである。緊縛もされてはいない。小説とは違ったと安堵した直後に、パッと部屋の電気が灯《とも》った。

「……っ」

眩《まぶ》しさで何も見えずに狼狽《うろた》える。次の瞬間、人の気配を感じ、恐怖のあまり城崎の身体は強張《こわば》った。

あの男たちは帰っていなかったのか。これから小説にあったような——そして夢に見たようなおぞましい展開が待ち受けていると？

逃げねば。

焦燥からすぐさまかけられていた上掛けを撥《は》ねのけ、ベッドを降りようとした城崎の目に、入り口のところ、電気のスイッチに手をかけ佇《たたず》む男の姿が飛び込んでくる。

あまりに意外な人物の出現に、城崎はまだ自分が夢の中にいるのではないかという錯覚に陥った。唖然《あぜん》としたまま見つめる先、その人物が呼びかけてくる。

「海斗」

「……っ」

夢ではない。現実だ。察した瞬間、激情といっていい感情が一気に城崎の中に込み上げてきて、気づいたときには怒声が口から迸《ほとばし》っていた。

「貴島！　どうしてお前がここにいる‼」

怒りというより、不可解だった。が、現れたのが目出し帽の男たちではなく彼だったために、安堵が大きかったその反動で怒りに似た思いが込み上げてきたものと思われる。

即座にそのことに気づいた城崎は、慌てて笑みを作り謝罪の言葉を口にした。

「あ、いや、すまん。その……」

しかし途中で、やはり彼がこの場にいるのは不自然だということに気づき、言葉が止まる。

まさかまだ自分は夢の中にいるのか。目が覚めると先ほどの目出し帽の三人組が全裸で自分を取り囲んでいて、これから順番に彼らに犯されると――？

想像するだにぞっとする、と身を震わせてしまっていた城崎に、貴島が近づいてくる。

「一体どうしたんだ？　返事がないので上がらせてもらったんだけど、まずかったかな？」

「まずいことはない」

我に返り、またも笑顔を作って返事をする。落ち着け。どう考えてもこれは夢ではなく現実のようだと城崎は冷静さを取り戻そうとした。

「ちょっとうとうとしたみたいだ。それよりこんな夜中にどうした？　何か急用か？」

「夜中？　もう昼だぞ」

「昼⁉」

訝しそうに告げられた貴島の言葉に、城崎は仰天したあまり大声を上げていた。

「大丈夫か？　相当疲れているみたいだな」

呆然《ぼうぜん》としている城崎を見て、貴島は呆れた様子となると、つかつかと窓辺に歩み寄り、閉まっていたカーテンをシャッと音を立てて勢いよく開いた。

遮光のカーテンを開いた外は本当に明るく、ますます城崎は呆然としてしまう。

「電話をしても出ないし、メッセージも既読にならないし、何かあったのかと心配になって来てみたんだ。海斗はいつもリアクションが早いから」

「……悪かった。いや、その……」

城崎は今、狐《きつね》につままれたような心理状態となっていた。今日が休日で助かったという、ごく当たり前の思考すら浮かんでこない。

今までの出来事はすべて夢だったというのだろうか。待て。どこからが夢だ？　そもそも、
と城崎は、未だ心配そうに自分を見ている貴島に問いかけた。

「貴島、今、新作を書いてるか？」

「新作？　小説だよな？　いや？　今、連載中のだけで手一杯だけど」

貴島に不思議そうに問い返された城崎は、思わず、

「じゃああれは……」

と、問いかけそうになり、慌てて口を閉ざした。

「『あれ』？」

「なんでもない。まだ寝惚《ねぼ》けているようだ」

焦って誤魔化したが、未だ動揺は続いている。

貴島は小説を書いていないという。ではあのファイルはなんだったのか。彼以外の人間が書いたものが、彼のクラウドに保存されるなど、あり得ない。とはいえ、貴島は嘘をついているようには見えないし、嘘をつく理由もない。

やはり夢でも見たのだろうか。どこからが夢だ？　小説を読んだ最初から？　電車の痴漢は夢か？　現実か？　そして三人組の目出し帽の男たちは？

夢といわれたほうが納得はいく。しかし、身体に残る感触は現実のものとしか思えない。

あんなにおぞましい——記憶が蘇りかけ、嫌悪から身震いした城崎だったが、自分もまた貴島を同じ目に遭わせていたじゃないかと、このときようやく気づいたのだった。

「あ……」

見知らぬ男たちに襲われる恐怖。仕掛けたときには、自身はネタがわかっているため、あれほど恐ろしく感じるものだとは認識していなかった。

実際体験して初めて、命の危険を感じるほどの恐怖を覚えるものだということがわかった。ああも恐ろしい目に遭わせていたのかと思うと——しかも一度ではなく、二度、三度と繰り返していたことを思うと、ただただ申し訳なさが募り、城崎は思わず貴島を見やった。

「どうしたんだ？　さっきから様子がおかしいぞ？」

貴島が心配そうに問いかけてくる。

追い詰めれば自分を頼ってくるに違いない。そのときにはしたり顔で『それはお前の欲求の裏返しだ』などと解説を加え、自分がその欲求の捌《は》け口となってやるというように持っていこうとしていた。それには普通の精神状態では駄目だ。ギリギリまで追い詰めねばという策略を立てたのだが、それがいかに非人道的で思いやりの欠片もないものだったかを、今更ながら自覚した城崎は、込み上げる罪悪感から貴島に詫《わ》びずにはいられなくなった。

「貴島……申し訳ない……っ」

深く頭を下げる城崎を前に、貴島が戸惑った声を上げる。

「ど、どうした？　まだ寝惚けているのか？」

「違うんだ……本当に……僕はお前に本当に申し訳ないことをしてしまっていた」

謝罪をし始めると、いくら謝っても足りない気になってしまい、城崎は戸惑う貴島を前に、ただただ、申し訳ない、と頭を下げ続けた。

「とにかく、コーヒーでも飲もう」

落ち着いてくれ、と貴島が城崎をリビングへと誘う。寝室を出てリビングダイニングに入ったとたん、目に飛び込んできた光景を前に城崎は衝撃のあまり息を呑み、その場で固まってしまった。

城崎は神経質とまではいかないものの、日頃は比較的部屋を整えてから寝室に向かう。しかし今、目の当たりにしているリビングの様子は、とても『整っている』と言える状態ではなかった。

椅子は倒れ、テーブルの上にはパソコンが出しっぱなしになっている。

「…………」

まさに昨夜、三人の男たちに襲われた直後のままではないか。ということはやはり、昨夜の出来事は現実だったということか？

混乱している城崎に対し、貴島はどこまでも冷静だった。ツカツカと倒れている椅子へと歩み寄り、起こす姿を見て城崎は我に返ると、慌てて彼へと駆け寄った。

「悪い。やるよ」

「いや、大丈夫だ」

笑顔になった貴島が、ちらと城崎の顔を覗き込む。様子がおかしいと心配してくれているとわかるだけにますます罪悪感が募り、再び謝罪の言葉が口から零《こぼ》れそうになる。

それがわかったのだろう、貴島は、

「とにかく、座るといい。顔色も悪いし。コーヒーでも水でも……ああ、そうだ、ビールでもウイスキーでも、なんでも持ってくるよ。何がいい？」

と笑顔のまま問い掛けてきた。

「…………」

城崎は貴島に対し、これまでのことを告白した上で謝罪をしようと決意していた。素面《しらふ》ではなかなか切り出しにくい。が、酒を飲んだ上での謝罪は不誠実だ。

やはりすぐにも詫びよう。そう心を決めると城崎は貴島を見つめた。貴島もまた城崎を見返してくる。

澄んだ美しい瞳。自分の体調を案じてくれているのがわかる。そう。彼は常に、思いやりに溢れる友人だった。その関係では飽き足らなくなったからといって、何をやってもいいわけがない。なぜそんな当たり前のことに気づかなかったのかと、城崎は猛省した。

と同時に、すべてを打ち明けたあと、貴島は自分を許すまいという覚悟も固めていた。自分が彼なら許すはずがない。ほぼ、否、完全に犯罪行為である。しかも自分の気持ちだけを押しつけた、思いやりの欠片もない行為に他ならない。

いかなる理由があろうとも許されるものではない。激怒のあまり彼は途中で席を立つかもしれない。『許す』という言葉は決して期待すまい。二人の友情もこの瞬間に終わるのだ。

友情——決して想いが報われないと知らされた瞬間、どうして自分はこれまでどおりの『親友』というポジションで満足しようと思わなかったのだろう。告白すれば友情を失う、だからずっと胸に燃えさかる恋情を押し隠し、友人として誰より近い場所にいようとしたはずだった。

いつか、いつの日にか、想いを打ち明ける機会が来るといい。その願いは捨てられずにいたが、思わぬ形で実現不可能と知った瞬間から、思考が歪《ゆが》んでいったのかもしれない。

しかしこれは単なる言い訳だ。いかなる事情があろうと自分が貴島にしたことは取り返しがつかない。愚図愚図《ぐずぐず》しているのは単なる先延ばしでしかない。謝罪すると決めたのだからすぐにも謝るべきだ。

城崎はようやく意を決すると、改めて貴島を真っ直ぐに見つめ口を開いた。

「……お前に酷《ひど》いことをした。それを謝りたい」

「…………」

貴島は無言のまま、城崎を見返してくる。彼の表情が何を物語っているのか、城崎には理解できなかった。

唐突な謝罪宣言に戸惑っているのだろうか。それとも、またわけのわからないことを言い出したと、体調やメンタルを案じてくれているのか。

どちらにせよ、自分が明かしていけば表情は怒りに歪むことになる。想像するだけで臆しそうになるのを奮い立たせると、城崎は話し始めた。

「……お前がクラウドサービスに保存している小説をこっそり読んで、そこに書いてあることをお前に体験させていた。売れない劇団員を雇って」

部屋を盗聴していたことや、スマートフォンに位置情報アプリを仕込んでいたことも告白せねばなるまい。しかし一番申し訳なかったことを城崎はまず詫びようとしたのだった。

「さぞ、恐ろしい思いをしたと思う。本当に申し訳なかった。どのように詫びても詫び足りない。本当に……本当に申し訳ない」

ただただ、頭を下げるしかない。今、貴島はどういった心理状態なのだろう。リアクションがまったくないことに城崎は不安を覚え、顔を上げた。

まず驚愕し、そして激怒する。それ以外の反応はないはずだった。驚愕が大きすぎて怒りが追いつかないのだろうか。城崎は、無表情といっていい貴島の顔を見てその可能性に気づいた。

詳細を語るべきだろう。貴島は相当追い詰められていたはずだ。卑怯《ひきょう》な方法で追い詰めた張本人は自分である。本当に酷いことをしてしまった、と、ますます罪悪感を滾《たぎ》らせていた城崎は、おずおずと貴島に問い掛けた。

「……僕が何を謝っているか、わかるか？　僕は本当にお前に酷いことをした。お前が書いた小説のとおりに、お前を……」

「理解はしている」

と、ここで貴島が口を開いた。渇いた声音を聞いた瞬間、城崎の胸がどきりと高鳴る。感情のこもらない声に突き放されたような印象を受けたせいだった。完璧に突き放され、付き合い自体が終わることになると覚悟を決めていたはずであるのに、今更何を動揺しているのだと、城崎は自身の甘さを実感し、自己嫌悪に陥った。

しかし今はそんな場合ではないとすぐに我に返り、再び深く頭を下げる。

「本当に申し訳なかった。どんな償いでもしたいと願っている。勿論、顔も見たくないというのなら今この瞬間にもお前の前から消える」

『償い』を求められるよりは、絶縁される確率が高い。長年の付き合いで城崎は貴島を、許せない相手は切り捨てる男だと認識していた。両親との絶縁や、前の職場の人間との付き合い、すべて貴島のほうから切り捨てている。

謝罪の言葉を聞いているだけで不快かもしれない。しかしこれだけは言っておかなければと城崎は、貴島にとっては重要であると彼が判断したことを、最後に言い添えた。

「勿論、仕事に関しては、責任をもってしかるべき人間に引き継ぐ。待遇がかわることはないのでそこは安心してはしい。今の連載は必ず本にする。それだけは信じてほしい」

「……小説のためだったのか？　やはり」

貴島がぽつりとそう、問うてくる。

「え？」

相変わらず彼の声は硬く、そして酷くざらついている。下げていた頭を上げた城崎は、自分を真っ直ぐに見据える貴島の目の中に漸《ようや》く怒りの焔《ほむら》を見出した。動揺が収まり、怒りが込み上げてきたということか。

しかし今の問いは——？

『やはり』という単語も気になる。小説のためだと言えば納得してもらえるのかもしれないという考えが、ちらと城崎の頭を掠めた。

本を出すためにはもっと描写に臨場感があったほうがいいと思った。それでお前に体験させることにしたのだ——その方向に持っていけないことはない。しかしそれだけはしてはならない、と城崎は醜い自己防御を退け、否定しようとしたのだが、彼が口を開くより前に、貴島が喋り出していた。

「悪ふざけや冗談と言われたら、即座に縁を切ろうと思っていた。さすがにお前がそんな馬鹿ではないことはわかっている。とはいえ、いくら小説のためだといってもやっていいことと悪いことがあるくらい、なぜわからなかったのか」

今や、貴島は怒りを露わにしていた。頬が紅潮し、語調に熱が籠もっている。瞳が潤んでいるのは、信頼していた友の裏切りへのショックゆえか。しかし自分は彼にとっては『親友』ではなかった。親友たらんとし続けてきたが、友情ではなく愛情を――しかも肉欲を伴う愛情を抱き続けてきたのだ。

それを明かせば彼の瞳はますます潤むことだろう。それこそ縁を切られることになるのは間違いない。

しかし、真実を明かさねばならない。城崎がもう少し冷静であれば、貴島を失うことと、このまま気持ちを隠して今までの親友のポジションを守ること、双方を天秤《てんびん》にかけてみて、『傍にいる』ほうを選んだかもしれない。

彼が今、真実を明かすことを選んでいるのは、貴島への罪悪感がその動機ではあったが、一方で、最早《もはや》彼への愛情を秘め続けていることが限界を迎えたという理由もあったのではないかと、城崎は今この瞬間に自覚したのだった。

親友でもいい、傍にいたいと願い続けてきたところに『男同士は無理だ』との発言を受け、攻撃的になってしまったのがきっかけではあった。しかし行動に至らしめたのは、長年の感情の無理が爆発した結果だった。

その感情の爆発が今、城崎を突き動かし、ことなかれですませることもまた可能だった展開を自ら破滅に導こうとしていた。

「違う。小説のためじゃない」

　こんな形で想いを告げることになろうとは。悔しさはあるし、情けなさも感じる。しかし己の恋の末路としては相応しい惨めさだと、城崎は言葉を続けた。

「お前を手に入れたかった。小説のためじゃなく、僕は僕のためにやった。お前を追い詰め、この腕に抱くために」

「……え？」

　目の前で貴島が、ぽかんとした顔になる。怒りに震えていたはずの彼の顔は今、すっかり緊迫感が薄れ、戸惑いしか感じられない表情となっていた。

　このあと、嫌悪の印が表れてくるのだろうか。見たくはないが、見るのが自分の務めだ、と硬く決意し、告白を続ける。

「ずっとお前が好きだった。出会ったときからずっとだ。友情の好きじゃない、恋しいと思っていたが、告白する勇気は出なかった。想いを打ち明けた結果拒絶されれば傍にいられなくなる。親友として誰より近くにいることを選んだのは僕自身だったが、お前の言葉に心が折れた……ああ、違うんだ。お前は悪くない。僕が勝手に傷ついただけだ」

「俺の……言葉？」

　貴島が譫言《うわごと》のような口調で、城崎の言葉を繰り返す。わけがわからないといった状態にあることがわかり、城崎は詳しく説明することにした。

「覚えてもいないだろうが、官能小説を書くに際し、最近の流行だから男同士や女同士の行為も入れてみたらどうだと提案したとき、お前は『男同士は無理だ』と言ったんだ。それを聞いて僕は勝手に……」

「ちょっと待ってくれ。そういう意味で言ったんじゃない」

貴島が慌てた様子で言葉を発する。

「え？」

今度は城崎が戸惑う番だった。発言を覚えているのか。その上で『そういう意味で言ったんじゃない』となるのか？　ではどういう意味で、と疑問を覚えるあまり、城崎は一瞬、言葉を発することができなくなった。

「あれは違う。あれは……動揺しただけなんだ。お前の口から『男同士』という言葉が出たことに。俺は……」

貴島がここで我に返った顔になる。

「『俺は』？」

何を言おうとしたのか。城崎にはまるで予想がつかなかった。自分の謝罪をフォローしてくれるつもりなのだろうか。先程までそんな気配は微塵《みじん》も感じられなかった。貴島自身に悪意はまったくなかったものの、自分の言葉が城崎を傷つけたと知らされ、罪悪感を覚えたのか。心優しい貴島ならありがちな思考だ。その必要はないのに、と、問いながら城崎はそう察し、すぐに言葉を続けた。

「すべて僕が悪い。お前に非などまったくないんだ。僕が勝手にお前に対して想いを募らせ、それが受け入れられないとわかってあまりに身勝手な計画を立て実行しただけだ。本当に申し訳なかった」

いらぬ罪悪感を抱かせることになろうとは。貴島の性格がわかった上で謝罪の言葉を選んだわけではないはずだが、心のどこかで甘えがあったのかもしれない。

重ね重ね申し訳なかったと、改めて心から謝罪をし、深く頭を下げる。と、そんな城崎の頭の上から貴島の思い詰めた声が降ってきた。

「違う……俺は……俺は、お前に気づかれたくなくて、それで咄嗟に言い捨ててしまったんだ。気づかれたらおしまいだと思っていたから」

「…………？」

何に気づかれたくないというのか。貴島が何を言いたいかがわからず、城崎は顔を上げて彼を見やった。

貴島は不思議な表情をしていた。先程までは怒りを忘れたような思い詰めた様子となっていたが、今は呆然としているように見える。途方に暮れたという表現が相応しいその顔はどこか幼げで、こんなときであるのに抱き締めたいという衝動が湧き起こるのを城崎は慌てて抑え込んだ。

反省という言葉を己の身体は、そして心は知らないのだろうか。まったくもって情けない。またも自己嫌悪を覚えつつ、城崎は貴島が言いたいことを探ろうと彼を見つめた。視線を受け、貴島が目を伏せる。

長い睫《まつげ》の影が白い頬に落ちている。微《かす》かに震えるその様はやはり庇護《ひご》欲をこれでもかというほどそそるも、性的な目で見るのはやめるべきだろうと必死で己を律する。

「気づかれたくないというのは、何に対してなのかな？」

一向に口を開く気配のない貴島は苦しんでいるようにも見え、城崎は手助けをしたいという思いもあって、そう問い掛けてみた。貴島が顔を上げ、城崎を見つめる。

二秒。三秒。

十秒ほど貴島は黙り込んでいたが、やがて意を決した顔になると俯《うつむ》き、喋り始めた。

「……俺は……ゲイなんだ」

「え？」

意外すぎる告白に、城崎の頭は真っ白になった。

貴島がゲイ――？　冗談か何かのつもりだろうか。それとも今、この瞬間、自分は夢を見ているのか？

いや、これは現実だ。夢であるはずがない。唖然としていた城崎ではあったが、すぐに自分を取り戻した。が、そんな彼の驚愕は、続く貴島の言葉でますます大きなものへと変じていった。

「俺は……俺も、ずっとお前が好きだったんだ」

「なんだって⁉」

今『あるはずがない』と思ったばかりだというのに、城崎は自分が未だ夢の世界にいるのではと感じずにはいられなかった。

貴島もまた自分を好きだった？　そんな都合のよすぎる展開があるだろうか。あり得ないだろう。混乱するばかりの城崎の前で、貴島がぽつぽつと言葉を繋いでいく。信じがたい思いで城崎はその言葉の一つ一つを拾っていった。

「……出会った頃からお前はみんなの人気者で、綺麗な女性に常に囲まれていた。そんなお前と友達になれただけで満足するべきだと、自分に言い聞かせてきたんだ。ずっと……ずっと長い間。お前の将来の夢と俺の夢がリンクしているのが嬉しかった。俺の夢を応援してくれるだけでも嬉しかったのに、実際、小説を書く場を与えてもらえて、夢だった小説の仕事を海斗と二人でできることが嬉しくてたまらなかった。それだけでもう、幸せだった。これ以上を望んだらバチがあたる。お前の傍にいるためには、自分の気持ちを隠し続けるしかないと心を決めた。そんなときにお前から『男同士はどうだ』と持ちかけられ、酷く動揺してしまったんだ……もしや、俺がゲイであることに気づかれたのではないかと……」

語る貴島の瞳が潤んでくる。声も震え始めたが、それを抑え込みながら彼は言葉を続けていった。

「だから咄嗟に『男同士は無理だ』と告げた。それに対してお前がどんなリアクションをするのか、怖くて仕方がなかった。でもお前は『そうか』と流してくれ、単なる思いつきだったのかと安心した……ゲイであることを見抜かれるのはいい。でも、お前への想いを見抜かれたらもう……もう……おしまいだと……」

「貴島……」

呼びかけた先、貴島が唇を噛み黙り込む。つらそうに見えるその姿は、彼の言葉が真実であることをこれでもかというほどに物語っていた。

「でも……」

貴島が顔を上げ、城崎を見る。

「本当なのか？　本当に海斗は俺のことが好きだったと？」

貴島の瞳から涙が一筋、頰を伝って流れ落ちる。美しい、と思ったときには城崎は手を伸ばし、その涙を指先で拭っていた。貴島がびくりと身体を震わせ、そのまま後ずさろうとする。逃すまいという気持ちが先走り、城崎は大きく一歩踏み出すと彼の身体を抱き締めていた。

「『好きだった』じゃない。好きなんだ。僕はずっとお前のことが好きだった。愛してるんだ」

できないと思っていた告白を今、城崎は堂々と、そして己の望む形で口にしていた。昂揚《こうよう》感が増し、言葉が止まらなくなる。

「ずっと抱き締めたいと思っていた。でもできなかった。邪《よこしま》な気持ちを抱いていることにお前が気づいたら離れていくに違いないと思い込んでいた。まさか……まさかお前が僕のことを好きでいてくれているなんて思わなかった……くそ、未だに信じられない。これは夢か？　僕は自分にとって都合がよすぎる夢を見ているのか？」

「夢じゃない。夢じゃないが……っ」

と、腕の中で貴島が抗う。もしや彼にとっては既に『好きだ』という気持ちは過去のものになっていたのかと、城崎は慌てて腕を解《ほど》いた。

当然かもしれない。それだけのことを自分は彼にしてしまった。もう後悔しかない。せめて真摯《しんし》な謝罪を、と繰り返し告げた『申し訳ない』という言葉を再び口にしようとした城崎を真っ直ぐに見上げ、貴島が問うてくる。

「本当に俺が好きならなぜ、他の男に襲わせたりしたんだ？　普通できないだろう？　だから俺はてっきり……てっきり……っ」

激高した様子で叫んだ貴島がここで絶句する。確かに貴島の言うとおりだった。そして城崎自身も、貴島を追い詰めるためとはいえ、金で雇った男たちに彼の身体を好きにさせることに対し、これでもかというほど嫉妬と羨望を感じていた。

すべて自分で仕組んだことであるというのに。後悔などという言葉では足りないほどのやりきれなさに苛《さいな》まれながら、どうすれば償いができるのかと必死に考えていた城崎は、やはりすべて正直に話すことが誠意の表れだと口を開いた。

「……他の男にお前を触らせるのは嫌だった。小説に書いたことが自分の身に起こるなどという不可解なことが頻発すれば、お前はまず僕に相談するだろうと思った。追い詰められているお前を僕は『それはお前の意識下の欲求だ』と言いくるめ、その欲求の捌け口になってやろうと申し出るつもりだったんだ」

そのためには誰かに襲わせる必要があった。男には欠片ほどの興味もない若者を見つけ白羽の矢を立てる。そのために売れない劇団を手駒にした。支出は相当なものがあったが、それでも貴島を手に入れるためならと少しも気にならなかった。

それがいかに誤った方法であったかに気づくことなく——今なら自分がとんでもないことを考え、実行したとわかる。実際本人に打ち明けてからわかっても手遅れだが、と城崎は貴島に対しまた頭を下げた。

「本当にもう……どう謝ればいいのか、自分で自分に腹が立つ」

「……俺はてっきり、小説のためだと思ったんだ」

ぽつ、と貴島が、城崎の思いもかけない言葉を告げる。

「……え？」

「俺の官能小説は自分で読んでも色気がないとわかるし、それが人気のない原因ということもわかっている。ネットで評判を見ようとしても、話題にすらあがっていない。それでお前が梃子《てこ》入れを考えたのかと思ったんだ。自分がいやらしい体験をすればそれが小説に表れるようになるだろうと……」

「人気がないことはないよ。アンケートだって見せただろう？」

「気を遣ってくれているると思ってた。すぐにも連載を打ち切れと上に言われているんじゃないかと……」

「それはない。もしもそんな状況になっていたら正直に言うよ。言った上で巻き返しを図るにはどうしたらいいか二人で考える」

まさか貴島がそのような勘違いをしていたとは。驚いたせいで城崎は、いつもの調子で言い返してしまっていた。

「だいたい、小説を書かせるために襲わせるなんて、そんなこと、するはずがないだろう。一体僕をなんだと……あ……」

憤慨して言い返していた城崎が、ここで我に返り息を呑む。

小説のためではないが、貴島を襲わせたのは事実である。『なんだと思って』など、どの面下げて言える言葉かと気づいたためなのだが、同じく気づいたらしい貴島はそれを責めることなく、くす、と笑いを漏らし、口を開いた。

「本当に小説のためじゃなかったんだな」

「当たり前だ。許されることだとは思っていないが、そこは誤解しないでほしい」

小説のためであるよりも、よりたちが悪いとは思う。相手のためではなく自分の欲望のためにしたことなのだから。胸を張って言えることではなかったと言い直そうとした城崎は、貴島が腕を伸ばし、自分の腕を摑んできたことに驚き、彼を見た。

「……未だに信じられない。本当に海斗は俺が好きなのか……？」

「好きだ。愛している」

その問いには即答できる。きっぱりと言い切った城崎の前で貴島はまた笑いを漏らす。泣いているようにも見えるその顔を城崎が見つめていると、貴島は目を伏せ、城崎の胸に飛び込んできた。

「……思ってもみなかった。こんな……嬉しいことはない」

「貴島」

貴島の温もりをしっかりと感じる。しかしこんな幸運が我が身に起こっていいものかと、城崎は感激したせいでその場で固まってしまっていた。

「抱き締めてくれないのか」

その上貴島に胸の中でそう言われ、ますます感激が膨らんでいく。

やはりこれは夢なのか。それとも自分は頭がおかしくなってしまったのだろうか。今この瞬間、死んだとしても悔いはない。いや、まだ貴島を抱き締める前だった。彼を抱き締めたあとならもう、何があっても――。

「海斗」

混乱しまくっていた城崎は、貴島に名を呼ばれたことをきっかけに、自分を取り戻すことができた。

「愛してる。出会ったときからずっと……お前だけを」

小細工をするより前に、勇気を出し、こうして言葉にして伝えるべきだったのだ。今更遅いが、と悔いていた城崎の気持ちを見越したかのように、貴島が顔を上げ、ニッコリ笑ったかと思うと、彼もまた城崎の背に腕を回し、ぎゅっと抱き締めてくる。

「俺も。海斗を愛している。出会ったときからずっと……っ」

「貴島」

愛しい気持ちが膨らみ、城崎は貴島をしっかりと抱き締めたあと、少し身体を離して彼の頬へと手をやった。察した貴島はすぐに顔を上げ目を閉じる。

唇に唇を寄せていく。夢の中では何度となく唇を合わせた。まさか現実に彼と口づけする日が来るなんて。込み上げる幸福感に眩暈《めまい》すら覚えていた城崎は、不意に、本当にこれは現実だろうかと不安になり、キスの直前、目を開いた。と、気配を察したらしい貴島もまた目を開き、微笑みかけてくる。

「……夢じゃないよな？」

彼の問う声が近く寄せた唇にかかる。この感触。夢であろうはずがない。確信したと同時に城崎は貴島を固く抱き締め、これまで堪えてきた分を取り戻すべく、貪《むさぼ》るように貴島の唇を塞いでいったのだった。

キスだけですむはずはなく、どちらからということなく城崎と貴島はそのまま城崎の寝室へと向かっていった。

日は高いことはわかっていたが、十数年、両想いだったと知ったその瞬間から、二人して無駄に過ごしてきた時を取り戻したいという願望を抑えきれなくなっていた。

「……お前と抱き合いたい」

城崎の言葉を聞き、貴島が嬉しそうに頷く。

「ずっと望んでいた」

「俺も」

シャワーを浴びる余裕などあろうはずもなく、かろうじて遮光のカーテンのみ閉じると、ベッドの前でそれぞれが服を脱ぎ捨てていく。

「どうして気づかなかったんだろう」

実は城崎は、自分がゲイであるという自覚を未だ持っていなかった。他の男にはまったく興味が持てないが、貴島だけは別だった。

男だけでなく、どのような美女にも性格のよい女性にも、興味を持つことはなかった。城崎の関心はただ、貴島にのみ向いていて、他に目が向くことは一切なかった。

となると自分はゲイなのだろうか。疑問を覚えると同時に城崎は、貴島にとっては、他の男も性的興味の対象になるのかと、そのことが気になってきてしまった。

さりげなく問い掛けるにはどのような言葉を選べばいいのだろう。思考を巡らせかけていた彼の心中を察したのか、貴島が恥ずかしそうにこう告げる。

「ゲイだとは言ったけど、正直、海斗以外の男にときめいたことはないんだ」

「同じだ」

貴島は自分の心が読めるのだろうか。飛び上がりそうなほどの嬉しさを胸に城崎は貴島を抱き締めると、そのままベッドに倒れ込んでいった。

「ん……っ」

口づけを交わしながら城崎は貴島の胸を弄った。掌で乳首を擦り上げ、少し勃ち上がったところを指先で摘《つ》まみ上げる。

「んん……っ」

合わせた唇の間から、悩ましい声と共に吐息が漏れる。本当に夢のようだと幸せを噛み締めながらも城崎は、今更の後悔に身を焼いていた。

同じ事を自分は、金を払った劇団員にやらせている。貴島の書いた小説のとおり、彼を快感によがらせることが目的ではあったが、こんな悩ましい声を他の男に聞かせたことが惜しくてたまらなかった。

劇団員たちには隠しカメラとマイクを身体に仕込ませ、それ経由で城崎も見て、聞いていたものの、生で目に、耳に届く姿と声は、機械を通したものとはまるで違った。

もう二度と、誰の目にも、そして耳にも触れさせまい。喘ぎの一つ一つ、痴態の一つ一つ、すべては自分だけのものだ。

独占欲を胸に滾らせながら城崎は、今迄《まで》の誰よりも快感を与えてやりたいと貴島の胸に顔を埋《うず》め、乳首を舌で、唇で、ときに軽く歯を立て愛撫を続けた。もう片方の乳首は指先で摘まみ上げ、捻《ひね》り、爪をめり込ませたりして間断なく責め続ける。

「あ……っ……んん……っ……はぁ……っ……あっ……あ……っ……んん……っ」

胸への愛撫に、貴島は身悶え、甘やかな声を上げ始めた。紅色に染まる乳首がピンと勃つさまが実に色っぽく、しゃぶり尽くしたくなる。淫《みだ》らに捩《よじ》れる腰も、己の喘ぐ声を恥じるような素振りをするそのさまも、何から何まで目に焼き付け、この腕の中に閉じ込めたい。

白い肌がうっすらと紅潮し、表面を覆う汗がベッドサイドの小さな明かりを受け、煌《きら》めいて見える。ああ、こんなことなら明かりをつけたままにすればよかった。いや、カーテンを閉めずにおけばよかったと後悔しながら城崎は、既に勃ちかけている貴島の雄を摑むとそのまま身体をずり下げ、今度は貴島の下肢に顔を埋めた。

「あぁ……っ」

雄を口に含むと、貴島は大きく背を仰け反らせたあと、慌てた様子で城崎の髪を掴んできた。

「……？」

なんだ、とそのまま顔を上げた城崎を見下ろした貴島の顔が羞恥に歪む。

「き、汚いから……」

乱れる息の下、聞こえないような声で言われたのを聞き、ぞくりとした感覚が城崎の下腹のあたりに込み上げてきて、己の雄が膨張したのがわかった。

性行為の際、フェラチオをされた経験がなさそうなことに喜びを感じる。彼の初めてはすべて自分が独り占めするのだ。汚いはずがない。隅から隅まで舐め回したい。

その欲望のまま、城崎は貴島の制止を無視し、そのまま雄をしゃぶり続けた。先端に次々盛り上がる先走りの液を啜り、最も敏感なくびれた部分を舐《ねぶ》りまくる。竿を扱《しご》き上げ、睾丸を掌で弄《もてあそ》ぶ。これらすべて、もう誰にも触れさせない。自分だけのものだと心の中で繰り返しながら城崎は、濃厚すぎる口淫を延々と続けていった。

「もう……っ……あぁ……っ……っもう……っ……もう……っ……あーっ」

貴島がベッドの上で高く声を上げる。身悶え、腰を捩り、イヤイヤをするように首を横に振るその姿は、普段の物静かな彼からは想像もつかない淫らさで、ますます城崎の興奮は煽《あお》られた。

「いく……っ……あぁ……いくぅ……っ」

悲鳴のような声を上げていた彼が、おそらく無意識なのだろう、城崎の髪を強く摑む。痛みを覚えるような強さはそのまま彼の感じる快感の大きさの表れなのだろう。そう思うと痛みより満足度が勝る、と城崎は貴島に更なる快感を与えてやろうと、舌を、唇を、指を動かし続けた。

「あぁっ」

ついに耐えられなくなったようで、貴島は一段と高い声を上げて達した。口の中に放たれた精液を城崎はこの上ない喜びと共にごくり、と音を立てて飲み下した。

「……あ……」

その音が貴島を我に返らせたらしく、息を乱していた彼が、城崎を見下ろしてくる。

「あ……ごめん」

髪を摑んでいたこともようやく察したようで、慌てた様子で手を開く。

「……なあ」

彼に快感を与えるだけでも充分、満足感を得られた。しかし許されるなら、と城崎は貴島に己の希望を伝えるべく口を開いた。

「……抱きたい……と言ったら、どうする？　嫌か？」

「嫌じゃない」

貴島は即答してくれた。息はまだ整っておらず、はあはあいいながらもきっぱりとそう告げたあと、

「でも……」

と言葉を足した。期待に胸が膨らみかけた城崎だったが、一旦冷静になろうと貴島の言葉に耳を傾ける。

『でも』のあとには、望ましくない言葉が続くであろうと城崎は覚悟していた。嫌ではないが、今はまだその気になれない。そうした流れを予想していた城崎のその予想は、いい意味で裏切られた。

「経験がないんだ。なので上手くできるかわからない」

「上手い下手なんてあるものか」

なんと。貴島はまだ、男に抱かれた経験がなかった。彼の初めての男になれるという幸運に、城崎は天にも昇る気持ちとなった。

『初めて』だけではない。初めてにして最後の男になるのだ。嬉しすぎてテンションが上がっていた城崎は、自分が浮かれていることを充分自覚しつつ、貴島にその喜びを伝えようとした。

「もう一生離さない。覚悟していてくれ。お前はもう僕のものだ。そして僕はもうお前のも

のだ」

「それは……嬉しいな」

城崎の興奮ぶりに戸惑った様子となりながらも、言葉どおり貴島は嬉しげに微笑んで寄越《よこ》し、その笑顔を見てますます城崎は幸せな気持ちになった。

初回の挿入には時間をかけてやらねば。後ろからのほうが苦痛は少ないと聞く、と城崎は貴島をうつ伏せにさせ、腰を上げさせると、丁寧に後ろを解《ほぐ》し始めた。

「つらかったら言ってくれ」

「……わかった……」

ローションで濡らした指で、ゆっくりと中をかき回す。誰にも触れられたことのないところへの指の挿入に、貴島の身体は最初強張っていたが、やがて力が抜けてきた。

「気持ちが悪い？」

背後から覆い被さるようにし、顔を覗き込む。眉間に縦皺が寄っているのが気になり城崎が問うと、貴島は、

「いや」

と首を傾げたあと、横に振った。

「よくわからない……が、気持ちが悪いとかじゃない……あ……っ」

会話の間も城崎は指を動かし続けていたのだが、指先が入口近くのコリッとした部分に触

れたとき、貴島の口から声が漏れ、身体がびく、と震えたのがわかった。

萎《な》えていた雄もぶるっと震え、硬度が増したように見える。

「ここ……か?」

前立腺を探り当てたと確信しつつ、城崎はその部分を狙って指を動かし続けた。

「なんか……っ……なんか、変だ……っ」

不思議な感覚を呼び起こされたらしい貴島が、不安そうな顔で振り返る。頬が紅潮し、瞳が潤んでいるところを見ると、快感を得ているらしいと安堵しつつ、城崎は、

「大丈夫だ」

と微笑み、頷いた。

「……なんか……っ……なんだか……っ……あ……っ」

そのうちに貴島の雄は勃起し、腰がもどかしそうに揺れ始めた。抉る指の本数を増やすと、中がうねるようにして指を締め上げてくる。

もう大丈夫だろうか。城崎の雄も既に勃ちきっていた。初めての体験はできるだけ気持ちよくしてやりたい。間違っても苦痛は与えたくない。その思いが強く、なかなか次の行動に移せないでいた城崎を、貴島が再び振り返る。

「多分……もう、大丈夫……っ……だと、思う……っ」

貴島は城崎の躊躇う理由がわかっているようだった。案じてくれなくてもいい。もう受け

入れられると思うと伝えてきた彼の気持ちを嬉しく感じるあまり、城崎の胸は熱く滾った。

「……ありがとう」

礼を言うと貴島がまた振り返り、苦笑めいた笑みを浮かべる。

「……変だな」

礼を言われるようなことをしていないのに、と笑ってみせる彼とは、愛を告白し合い、親友から恋人にまさに今、なったはずだった。

あまりに普段の物言いそのもので、関係の変化はまるでないようにも思える。でも、それがいいのかもしれない。今日まで互いに想いを隠して親友として付き合ってきた、その関係は決して偽りではなく、二人にとっての真実である。

友人として積み重ねていた関係の上に、新たな関係が始まっていく。それでいい、と一人頷く貴島の頬には笑みが浮かんでいた。

「お言葉に甘えて……抱くぞ」

そう言い、指を抜く。

「……あっ」

背を仰け反らせ、喘いだ貴島は、少し照れたように微笑むと、

「ああ」

と頷き、顔を伏せた。

照れているのか、それとも初めての体験で少し怖いのか。自分もまた緊張している。いよいよ貴島を抱けるのだ。かなう日は来ないと諦めていた。『男同士は無理』と言われて諦めが恨みに変わった。どう考えても逆恨みだということに気づくことなく、卑怯な方法で彼を手に入れようと策略を巡らせた。

すべて誤解で、実は両想いだった。遠回りが過ぎた上に、嫌われ、憎まれても仕方がないと諦めたというのに、貴島は寛容な心で許し、想いを受け入れてくれた。

改めて、ありとあらゆる感情が押し寄せ、泣きたいような気持ちになる。だが感慨にふけっているときではなかったと城崎は我に返ると、己の雄を摑み、貴島のそこへとあてがった。

「つらかったら言ってくれ」

少しでも苦痛を覚えたら、やめようと心に決めていた。それゆえ断った城崎を振り返り、貴島が頷く。

ゆっくり。ゆっくりいこう。そこを押し広げ、ずぶ、と先端を挿入させる。

「……っ」

貴島がびく、と身体を強張らせたのがわかる。が、すぐ、彼は、はあ、と自ら息を深く吐き出し、身体から力を抜こうとしてくれた。

愛しさが募り、胸が詰まる。またも動きが止まりそうになったが、貴島の気遣いを無駄にするわけにはいかない、と、ゆっくりと腰を進めていく。

貴島の中は熱く、締め付けのきつさが心地よかった。いきそうになり、焦りを覚えながら注意深く腰を進め、やがて二人の下肢がぴたりと重なる。

ああ、一つになれた。胸に熱いものが込み上げてきて、今度こそ城崎は泣きそうになった。振り返った貴島もまた、泣きそうな顔になっている。

「好きだ」

想いが唇から零れ落ちたと同時に、はらはらと涙も零れ落ちた。

「俺も」

貴島もまた泣き笑いの顔となっている。

「動いていいか？」

「勿論」

二人して絶頂を極めたい。この上ない快感を共有したい。その思いから問い掛けた城崎に貴島が頷く。思いは同じということだろうと、ますます感情が高まっていくのを感じながら、城崎は貴島の身体を労《いたわ》りつつ、ゆっくりと突き上げを開始した。

雄が内壁で擦《こす》られ、摩擦熱が生まれる。その熱が城崎をますます昂《たか》め、気づいたときには彼の動きは力強い、激しいものに変じていた。

「あ……っ……はぁ……っ……あっあっあっ」

二人の下肢が勢いよくぶつかり合うたび、パンパンという音が響く。その音の合間に貴島の、切羽詰まった喘ぎの声が重なり、城崎の興奮を煽っていく。貴島もまた限界が近いらしく、快感に意識を飛ばしそうになりながらも振り返り、城崎を見つめてきた。

一緒にいきたい。声に出さずとも思いは一緒と、またも城崎は実感できた。二人の願いを叶えるために、貴島の腰を摑んでいた手を前へと回し、今にも爆発しそうになっていた彼の雄を握ると腰の律動はそのままに一気に扱き上げてやった。

「アーッ」

一段と高い声を上げて貴島が達し、白濁した液を城崎の手の中に放つ。

「……っ」

射精を受け、貴島の後ろが激しく収縮して城崎の雄を締め上げる。その刺激に城崎もまた達すると、貴島の中にこれでもかというほど精を注いでしまった。

中出しするつもりはなかった、と慌てて腰を引こうとした城崎を貴島が振り返る。

「……好きだ……」

貴島は今まで見たこともないような幸せそうな表情を浮かべていた。

「僕もだ」

先程のやり取りと同じだなと答えてから城崎は気づいたが、それは今、互いに抱いている感情がその言葉に尽きるからだろうと微笑んだ。貴島もまた微笑んだあと、振り返った姿勢のまま目を閉じる。

キスをねだっているとわかり、城崎の中で堪らない気持ちが募っていく。親友から恋人になったのだと実感しながら城崎は、貴島の求めるキスを彼の少し開いた唇へとそっと与えていったのだった。

その後、二回、互いに絶頂を極めたあと、さすがに空腹を覚えた二人は起き出してシャワーを浴び、デリバリーの食事を前にワインを傾けていた。

貴島は城崎に対し、謝罪の気持ちは充分伝わったのでもう繰り返さなくていいと告げてきて、その思いやりに城崎は改めて胸を熱くした。

「最後に詫びさせてくれ。本当に申し訳なかった」

「だからもう、いいって」

貴島は苦笑したが、その笑顔は明るかった。やはり彼には苦悩した表情より明るい笑顔が似合うと、しみじみと思っていた城崎だったが、ふと、彼にすべてを打ち明ける決意を固めるきっかけとなった自身が体験した不思議な出来事を思い出した。

その後の展開がいい意味でショッキングすぎてすっかり印象は薄れていたが、あれは一体なんだったのか。

実体験だということは間違いない気がする。しかし、貴島は知らないと答えていた。一人考えていた城崎に、貴島が声をかけてくる。

「どうした？　急に黙り込んで」

「いや……ちょっと気になることがあって」

一応確認をしよう、と城崎は貴島に、クラウドサービスの新しい小説について再度聞いてみることにした。

「新作は書いていないと言ったが、僕は確かに読んだんだ。その内容どおりのことが起こったのもおそらく現実だと思う。あれはなんだったのかと……」

喋っているうちに考えがまとまってくる。自分が貴島にしたこととまったく同じ現象が起こるなど、普通あり得ることではない。

貴島は何か知っているのではないか。しかし彼が『知らない』と答えたら、これ以上の追及はよそうと心を決めていた。自分に対する罰が下ったと思うことにしたのである。

「……実は……」

と、貴島が強張った顔で喋り出す。『知らない』というのはやはり嘘だったのかと思いはしたが、貴島を責めるつもりはなかった。悪いのはすべて自分なのだから、と、城崎は彼の告白を聞いたあとにそう告げるつもりだったのだが、その内容は城崎の予想を超えるものだった。

「……多分……なんだけど、才さんじゃないかと思う」

「才さん？」

意外すぎる名前が貴島の口から出たために、自然と城崎の眉間に縦皺が寄ってしまった。親しげな二人の様子を思い出したからだったのだが、貴島はそれに気づくことなく、半信半疑といった様子で言葉を続けていった。

「実は自分の身に起こったことについて、才さんに相談していたんだ。そうしたら才さんから、今日の日中、海斗の家を訪ねるといいと言われて、それで来たんだよ。とはいえ、才さんが何をするつもりだったかは聞かされていないんだが……」

「……そうだったのか……」

才の仕業だとは。城崎はただただ、驚いていた。

一度だけ会ったあの特徴的な男。なんでもできるがゆえに何も生業《なりわい》にしていないという彼は、貴島から話を聞いた時点ですべてを察していたというのか。

彼により、自分は罰を与えられた。俄《にわか》には信じがたいが、それ以外に正解はなさそうだ。そんな人間がこの世にいるなんて、とほとほと感心していた城崎だったが、貴島に頭を下げられ我に返った。

「もし酷い目に遭わされていたら申し訳なかった。こんな謝り方では許せないかもしれないが……」

「いや、謝罪の必要はない。僕が全て悪いと言っただろう？」

謝らせたいわけではない。真実を知りたかっただけだ、と城崎は慌てて貴島に頭を上げるよう、促した。


「才さんには感謝しているよ。彼のおかげで貴島と……靖彦と恋人同士になれたようなものだ」

感謝は言いすぎかもしれないと内心苦笑しながら、城崎はそう言い、貴島を見やった。

「……海斗」

名を呼んだからだろう。貴島は少し戸惑った様子となったが、すぐ嬉しそうな笑みがその顔に浮かび、彼もまた呼びかけてきた。

城崎が貴島を名で呼ぼうと決めたのは、才への対抗意識からでもあった。そんな自分の子供っぽさを情けなく思いはしながらも、ずっと呼びたいという願望を今こそかなえるときだと、城崎はそう思ったのだった。

そう。これから二人は恋人同士となる。今まで以上に寄り添い、互いに高め合い、そして――今まで以上に互いの胸の内を明かし合う、そんな仲になりたい。願いを込め、見やった先では、貴島が笑顔で頷いている。気持ちが通じ合っている幸福をひしひしと感じながら城崎は、この先何があろうと彼の笑顔を曇らせることはすまいと、強く心に誓ったのだった。

「……申し訳ありません。結局才さんにすべて押しつけるような形になってしまって……」

数日後、単独で才のもとを訪れた貴島は、いつものように極上のシャンパンで持て成してくれている彼に向かい、深く頭を下げて謝罪した。

「別にいいよ。そうするといいと言ったのは僕なんだし」

顔を上げて、と才が貴島のグラスにシャンパンを注ぎ足し、笑いかけてくる。

「……それにしても、驚きました」

ありがとうございます、と礼を言い、グラスを手に取った貴島の口から、ぽろりとその言葉が零《こぼ》れる。

「驚いたというのは、海斗君が君を好きだったということ?」

才もまたシャンパンを飲みながらそう問うてくる。

「はい。てっきり、小説を書かせるためだと思っていたので……」

貴島から話を聞いた時点で才は、小説が現実となる現象はすべて城崎の仕業であると見抜いた。それを確かめるために、貴島の部屋へと愛を派遣し、愛が城崎の仕込んだ盗聴器を発見したのだった。

　才はその後、クラウドサービスに城崎がアクセスしていることや、彼が貴島を襲わせるために雇った劇団を突き止め、報告してくれた。才にそれを明かされたとき、到底信じられないと貴島はただ驚いたのだが、驚きはやがて怒りへと変わっていった。

　城崎に対し、長年秘めた恋情を抱いていただけに、彼が自分に対して為《な》したことが許せなかった。

　というのも、城崎の行動の動機を貴島は、自分に官能小説を書かせるために違いないと判断したからだったのだが、城崎もまた自分を好きで、自分を手に入れるために肉体的、精神的に追い詰めようとしていたということにはまるで考えが及ばなかったのだった。

「もしや才さんは最初からすべて気づいていたんですか？　その……海斗がどうしてあんな行動をとったかということに」

　才から話を聞いたあと貴島は、城崎への復讐を果たしたいと才に相談したのだった。才は最初、あまり乗り気ではない様子だったが、

「納得するには自分で行動するしかないかもね」

　という謎の言葉と共に承諾してくれ、作戦を立ててくれたのだ。

　あれはどういう意味だったのか、今ならわかる、と貴島が見つめる先では、才が苦笑めいた笑みを浮かべている。

と、ノックもなくドアが開いたかと思うと、新しいシャンパンのボトルを持った愛が部屋へと入ってきた。

「愛君も協力、ありがとう」

城崎を罠《わな》にかけるために、愛には一役買ってもらったという。詳細は聞いていなかったものの、城崎が雇っている劇団を突き止めることができたのは、この家を出たあとに城崎が向かうように仕向けた上で尾行した愛の働きのおかげだと知らされていたので、貴島は彼に感謝と謝罪をしたいとそう声をかけたのだった。

「別に。先生の言いつけに従っただけですので」

愛はツンと澄ましてそう言うと、ボトルをテーブルの上にあったクーラーの中に入れそのまま立ち去っていった。

「素直じゃないねえ」

やれやれ、と才が肩を竦《すく》める。

「海斗に愛想よくしたのも作戦だったんですよね」

あれは驚きました、と、貴島はそのときのことを思い出し、ついそう感想を述べてしまったのだが、才はそれに対し、

「愛君は悪趣味なんだよね」

とまたも肩を竦めた。

「あんな感じで、相手をすっかり安心させておいて仕留めるんだ。彼が愛想よくなったら要注意だよ」

「失敬な」

と、不意にドアが開いたかと思うと、顔を出した愛が一言そう言ったあとに、バタン、と勢いよくドアを閉める。

「怒られてしまった」

才は笑うと一気にグラスを飲み干し、愛が持ってきたシャンパンを注ぎ始める。

どんな復讐がしたいのかと才に聞かれたときに貴島は、城崎に自分と同じ体験をさせたいと答えた。いかに非道な行為だったかを思い知らせた上で糾弾《きゅうだん》するつもりだったのだが、まさか彼から謝罪だけでなく、好きだという告白をされるとは思っていなかった。

自分が勇気を出せなかったように、城崎もまた長年の関係を壊すことになるかもしれない告白の勇気を出せずにいた。彼にその勇気を与えてくれたのは誰あろう、才だ、と貴島は改めて才に対し、深く頭を下げた。

「本当にありがとうございました。いくらお礼を言っても言い足りません」

今度は謝罪ではなく感謝を伝えた貴島に、才が鷹揚に笑ってみせる。

「謝罪もお礼ももういいよ。それより君たち二人の前途を祝して乾杯しようじゃないか」

「前途……」

城崎との将来。二人の先に開ける未来はきっとこの極上のシャンパンのように、キラキラと輝く夢と希望に満ち溢《あふ》れる世界に違いない。自然と微笑んでしまっていた貴島のグラスを才はシャンパンで満たすと、

「乾杯」

と高く己のグラスを掲げてみせ、ますます貴島の頬を幸せの笑みで緩ませてくれたのだった。

あとがき

はじめまして&こんにちは。愁堂れなです。この度は九十六冊目のルチル文庫『抑圧―淫らな願望―』をお手に取ってくださり、誠にありがとうございます。

本作はシリーズというわけではないのですが、なんでもできるがゆえに何にも興味が持てない世捨て人にして実は面倒見がいい神野才と助手の女装の美少年、愛君は、『淫夢』『淫具』『転生の恋人―運命の相手は二人いる―』にも登場します。ご興味持たれましたらお手に取っていただけると嬉しいです。

今回は、学生時代からの親友同士の官能小説家と担当編集の、ちょっとトリッキー？　なお話となりました。

小説に書いたことが現実になる。淫らな願望が呼び起こした妄想なのか、それとも――というう、エロティックかつミステリアスな雰囲気を目指して頑張りました。とても楽しみながら執筆しましたので、皆様にも少しでも楽しんでいただけましたら、これほど嬉しいことはありません。

イラストの笠井あゆみ先生、今回も本当に本当に！　本当に（しつこくてすみません）たくさんの幸せをありがとうございます‼

主人公の貴島と城崎は勿論のこと、才と、そして愛君！　眼福の嵐でした。特に愛君のレアな笑顔や白ツナギ！　笠井先生のイラストで拝見できて本当に感動‼　と、担当様とめちゃめちゃ盛り上がってました。嬉しすぎます。書いてよかった……！

お忙しい中、素晴らしいイラストを本当にありがとうございました。これからもどうぞよろしくお願い申し上げます。

そして今回も大変お世話になりました担当様をはじめ、本書発行に携わってくださいましたすべての皆様に、この場をお借り致しまして心より御礼申し上げます。

最後に何より、本書をお手に取ってくださいました皆様に御礼申し上げます。今回、途中で視点が変わるのですが、どちらの視点も本当に楽しく書きました。皆様にも楽しんでいただけているといいなとお祈りしています。お読みになられたご感想をお聞かせいただけると嬉しいです。どうぞよろしくお願い申し上げます。

次のルチル文庫様からの発行は、罪シリーズの新作の予定です。ちょっと時間が空いてしまって申し訳ありませんでした。こちらもよろしかったらお手に取ってみてくださいね。

また皆様にお目にかかれますことを切にお祈りしています。

令和三年十二月吉日

愁堂れな

✦初出　抑圧―淫らな願望―……………書き下ろし

愁堂れな先生、笠井あゆみ先生へのお便り、本作品に関するご意見、ご感想などは
〒151-0051 東京都渋谷区千駄ヶ谷 4-9-7
幻冬舎コミックス　ルチル文庫「抑圧―淫らな願望―」係まで。

幻冬舎ルチル文庫

抑圧―淫らな願望―

2021年12月20日　第1刷発行

✦著者	愁堂れな　しゅうどう れな
✦発行人	石原正康
✦発行元	株式会社 幻冬舎コミックス 〒151-0051 東京都渋谷区千駄ヶ谷 4-9-7 電話 03(5411)6431[編集]
✦発売元	株式会社 幻冬舎 〒151-0051 東京都渋谷区千駄ヶ谷 4-9-7 電話 03(5411)6222[営業] 振替 00120-8-767643
✦印刷・製本所	中央精版印刷株式会社

✦検印廃止

ISBN978-4-344-84969-3　C0193　Printed in Japan

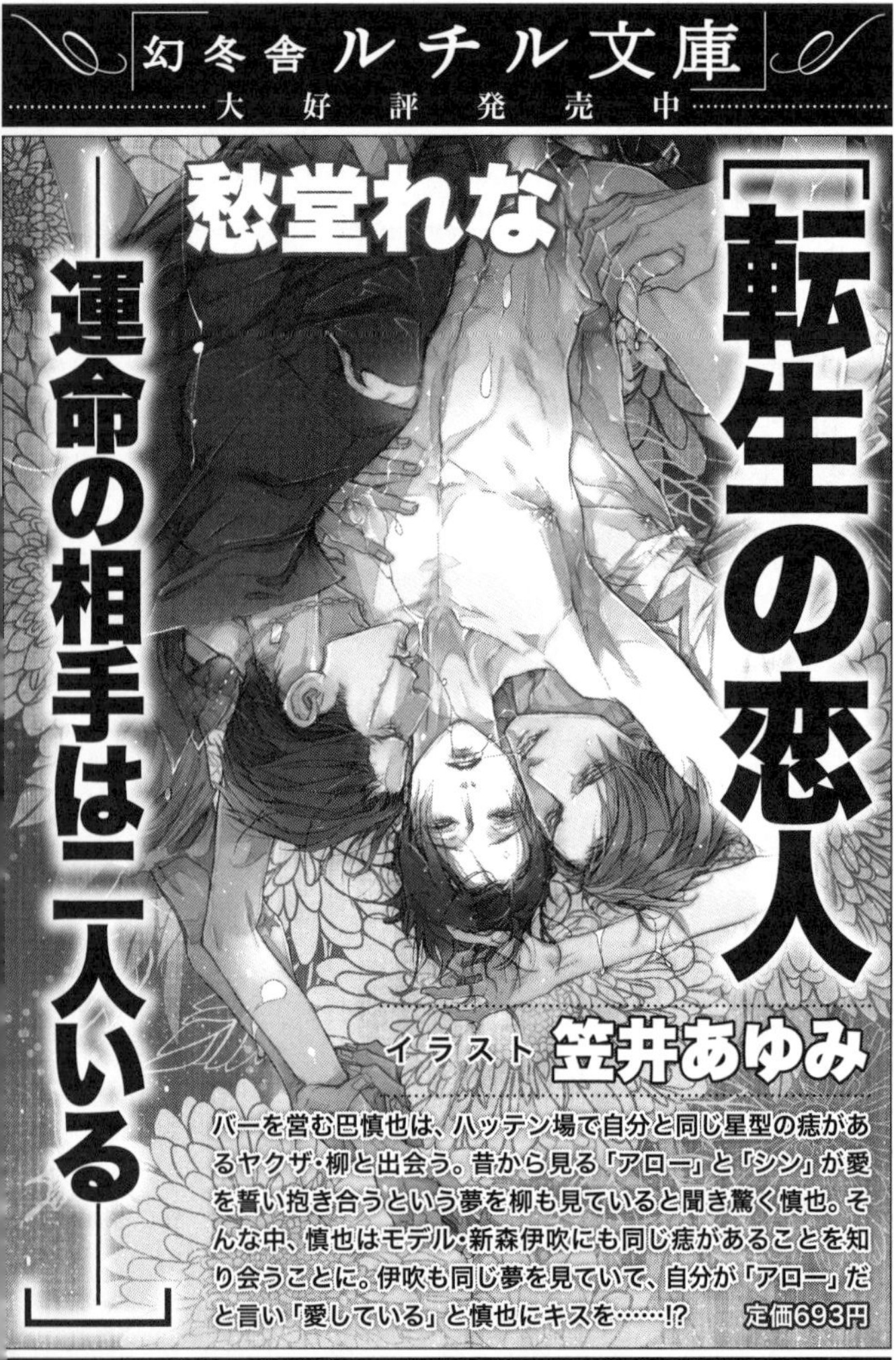

幻冬舎ルチル文庫
大好評発売中
「転生の恋人」
愁堂れな
―運命の相手は二人いる―
イラスト 笠井あゆみ
バーを営む巴慎也は、ハッテン場で自分と同じ星型の痣があるヤクザ・柳と出会う。昔から見る「アロー」と「シン」が愛を誓い抱き合うという夢を柳も見ていると聞き驚く慎也。そんな中、慎也はモデル・新森伊吹にも同じ痣があることを知り会うことに。伊吹も同じ夢を見ていて、自分が「アロー」だと言い「愛している」と慎也にキスを……!?
定価693円
発行●幻冬舎コミックス 発売●幻冬舎